KB162039

숨의 언어

전기철

숨의 언어

인쇄 · 2020년 11월 20일
발행 · 2020년 11월 27일

지은이 · 전기철
펴낸이 · 김화정
펴낸곳 · 푸른생각

편집 · 지순이 | 교정 · 김수란 | 마케팅 · 한정규
등록 · 제310-2004-00019호
주소 · 서울시 마포구 토정로 222 한국출판콘텐츠 402호
대표전화 · 02) 2268-8707
이메일 · prun21c@hanmail.net / prunsasang@naver.com
홈페이지 · http://www.prun21c.com

ISBN 978-89-91918-85-6 03800
값 16,000원

푸른교양선

숨의 언어

전기철

Language of Breath

푸른생각

숨, 쉼, 시

코로나 바이러스가 아니더라도 우리는 끊임없이 위험사회를 경험하고 있다. 이런 위험은 이미 오래전 자본주의가 고도로 발전하면서 시작되었다. 우리는 자기 욕망을 너무 키웠고, 결국 자기 파괴적인 지경에 이르렀다.

우리는 너무 숨차게 살아간다. 아등바등 살아가느라 숨은 리듬을 잃었다. 리듬을 잃은 숨은 정신적으로 육체적으로 우리를 불행에 빠뜨린다. 풍요롭게 살아가지만 만족하지 못하고, 경쟁심은 하늘을 찌르며, 몸 여기저기가 아프다. 이제 숨의 리듬을 회복해야 한다. 숨을 어떻게 쉬어야 하는가.

숨은 무엇인가. 먼저 숨을 이해하지 않고는 제대로 된 숨을 쉴 수 없다. 숨과 쉼, 그리고 숨의 언어인 시를 어떻게 이해해야 할 것인가, 왜 우리는 병들고, 마음이 편하지 못한가, 우리의 몸과 마음의 연결고리는 무엇인가, 왜 우리에게는 침묵이 필요한가, 무엇으로 우리의 마음을 평화롭게 할 것인가 등을 숨을 중심으로 때로는 논리적으로, 철학적 성찰로, 그리고 때로는 문학적 상상력이나 체험적으로 접근해보았다. 그리고 이와 같은 접근을 위해 여러 사례나 서적을 참고하였다. 노자에서, 선불교에서, 그리고 성경이나 힌두의 지혜로부터 끌어오기도 했다.

결국 숨, 쉼, 시를 하나의 지평에 두고 그 접점을 찾아보고자 했다. 숨은 쉼으로 발전하고, 다시 시로 연결되었을 때 어떠한 현상이 나타나는가를 살펴보았다. 그와 함께 오늘날의 시나 언어가 왜 이렇게 각박해졌는가를 숨의 언어로 해석해보았다. 위험에 빠져 있는 몸을 보호할 수 있는 최소한의 단위인 숨을 제대로 이해하자는 게 이 책의 목적이다.

이 책을 읽고 많은 독자들이 더 이상 숨차게 살아가지 않기를 바란다. 이제 쉬어가자. 침묵을 배우자. 그러기 위해서 자기를 찬찬히 들여다보고 자신의 숨을 찾기를 바란다. 무엇보다도 실천이다.

2020. 11.
필자 씀

차례

■ 책머리에 5

제1장 숨

1. 소인 13
2. 리듬 타는 숨 15
3. 과녁을 찾지 못하는 말들 19
4. 숨은 쉼이다 25
5. 깊은 강은 고요하게 흐른다 31
6. 몸이 알아야 마음이 안다 37
7. 시는 언어의 숨이다 45
8. 담백한 말 49
9. 숨의 발자국 55
10. 산책의 향기 59
11. L에게 보내는 편지 65
12. 나는 누구의 노트인가 69
13. 틈 75

제2부 쉼

1. 김정희의 묵란도 85
2. 동고비 한 마리가 날아가며 떨어뜨린 씨앗이다 89
3. 숨이 얕으면 화(火)가 쌓인다 91
4. 비백(飛白) 99
5. 몇 개의 단어들 1 105
6. 지금 불안한가 111
7. 자연은 결코 서두르지 않는다 117
8. 앉아봤어? 123
9. 어떤 통찰력도 과시하지 않는다 129
10. 청개구리 한 마리 고요에 들었네 133
11. 한눈팔기 141

제3부 시

1. 몇 개의 단어들 2 147
2. 몸은 자연의 악기다 153
3. 겨울나무 159
4. 머무름의 향기 163
5. 커피를 쏟지 않는 법 169
6. 시는 자연의 숨이다 1 173
7. 어떻게 마음이 숨 쉬게 할 것인가 181
8. 산은 산이요 물은 물이다 193
9. 숨 쉬는 땅 197
10. 까마귀가 눈 오는 숲에 떨어뜨린 사금파리들 203
11. 몇 개의 단어들 3 205
12. 시는 자연의 숨이다 2 209
13. 쉼은 숨에서 온다 217
14. 숨은 어디에도 자취를 남기지 않는다 223

■ 찾아보기 225

제1부

숨

1
소인

도가에서는 목구멍에 붙어 사는 조그만 사람이 있다고 한다. 그 사람은 너무 조그마해서 우리 눈에는 보이지 않는데, 그 조그만 사람이 우리의 목구멍에 붙어서 숨을 받아먹는다고 한다. 그 소인은 우리의 들숨과 날숨을 다 기억하고 있다가 우리가 잠든 사이에 하늘로 올라가 하느님께 우리의 숨에 대해 다 고해바친다. 그런 다음 그는 숨에 묻은 죄를 감지하고는 우리를 응징하기 위해 목에서 숨을 모두 빨아들여 버린다.

숨에는 삶이 묻어 있다. 우리의 생각이나 행위가 숨에서 모두 묻어난다. 우리가 보는 것이나 듣는 것, 몸으로 하는 행위나 머릿속 생각이 숨으로 고이기도 나가기도 한다. 뿐만 아니라 들숨과 날숨을 통해서 우리는 우주나 자연과 만난다. 들숨과 날숨 사이에 생명이 존재한다. 들이쉬면 사는 것이요 내쉬면 죽는다.

숨은 우주와 소통하는 통로다. 숨을 들이쉬고 내쉬지 않으면 그 만남은 사라진다. 우주를 만나기 위해서 우리에게 약속된 날만큼 숨을 쉬어야 한다. 그 약속된 날은 모두 똑같다. 똑같은 횟수의 숨을 받고 우리는 태어난다. 숨을 빠르게 쉬는 생명체는 그만큼 빠르게 숨을 마감할 것이며 숨을 느리게 쉬는 생명체는 좀 더 긴 시간 동안 우주와 만난다. 하지만 이것도 목구멍에 사는 소인에게 달려 있다. 소인은 들숨과 날숨 사이에서 우리의 목숨을 관장한다.

소인은 붙잡을 수도 보거나 만질 수도 없는 공기와 같아서 우리가 어떻게 할 수가 없다. 그렇다고 소인을 죽이기 위해서 숨을 들이쉬지 않으면 우리가 죽는다. 그러므로 우리는 소인을 달래야 한다.

어떻게 소인을 달래야 할까.

소인은 불규칙한 리듬에 깨어난다.

소인이 눈치채지 못하게 숨을 쉬어야 한다. 소인은 우리 목구멍에서 숨을 받아먹으면서 우리의 감정이나 생각을 알아챈다. 우리의 감정이 드러나지 않게 숨을 쉰다면 소인도 잠든다. 소인을 잠재우는 숨쉬기, 고요하게 숨을 쉬어야 한다.

느리고 고요하게, 나비가 꽃 위에 앉듯이, 새털구름이 파란 하늘을 날듯이, 나무늘보가 나뭇가지에 손을 뻗듯이, 잔잔한 호수에 이는 물결같이, 천사의 평온한 손길같이, 갓난아기를 잠재우듯이…….

2

리듬 타는 숨

K는 아버지의 임종을 지켜보았다. 이삼 일 전부터 아버지는 헛것을 보았다. 죽은 사람의 이름을 부르며 인사를 하고, 자신의 죽은 아내를 찾았다. 눈은 떴으나 보지 못했고, 귀가 있어도 소리를 듣지 못했다.

그리고 이 지상에서의 마지막 날.

아버지의 숨은 불규칙했다. 그렇게 급하게 쉬던 숨이 점점 느려지고 옅어지기 시작하더니 결국에는 아주 불규칙해졌다. 숨 간격이 5초에서 10초, 그리고 숨을 쉬지 않다가 30초 만에 다시 숨을 쉬었다.

그것도 내쉬는 숨뿐이었다.

다시 40초,

그리고 희미하게 1분,

그 너머…….

숨은 더욱 희미해지면서 천천히 이어졌다. 숨은 아주 끈질기다. 그렇게 아버지의 마지막 시간은 아주 오래도록 이어지다가 결국 끊어졌다.

여기저기에서 울음이 쏟아졌다. 멈춘 숨을 슬퍼하는 의식을 치르는 사람들은 휴, 하든, 헉, 하든 숨을 뱉었다. 그리고 저만치 염하는 사람들이 울음을 헤치고 방으로 들어왔다. 울음은 뚝, 그쳤다. 그리고 다시 울음이 이어지고, 또 그치고를 반복하는 가운데 아버지의 한 생의 마지막 해가 졌다. 죽은 아버지나 남은 가족들은 함께한 생명이 자연의 시간 속으로 돌아가는 의식의 계단을 밟았다. 죽은 자는 죽은 자의 숨을, 살아남은 자는 살아남은 자의 숨을 서로 섞으며 함께 자연을 받아들였다. 모두가 자연의 한 가족이므로. K는 마음속으로, 아버지, 자연이 되셨군요! 한마디를 흘렸다.

우리는 우주의 원리인 리듬을 따라야 한다. 우주는 숨을 쉰다. 그리고 그 우주의 숨을 따라 모든 생명은 호흡한다. 숨은 우주 리듬의 한 축이다.

우주는 규칙적인 리듬으로 움직인다. 리듬이 생명을 지배하고, 그 리듬 속에서 삶이 만들어진다. 살아 있는 것들은 모두 생체 리듬을 갖고 있다. 리듬은 우주를 지탱하는 중심축이다. 리듬이 사라지면 생명체는 존재할 수 없다. 그때부터는 물체의 리듬으로 편입

된다. 우리가 즐거워하고 행복해하는 것도 생체 리듬 덕택이며, 자연 또한 우주 리듬을 따라 존재한다. 생명의 리듬을 잃으면 사물의 리듬으로 내몰린다. 모든 죽음은 생명의 리듬이 깨진 데에서 온다. 존재의 감정이나 생각도 리듬을 탄다. 우주와 자연과 사회, 그리고 몸의 리듬이 서로 조화를 이루며 오케스트라를 만들어낼 때 존재는 천상천하유아독존(天上天下唯我獨尊)이 된다. 즉 존재는 걸림이 없이 자유로워진다.

숨은 감정이나 몸의 상태에 따라 빠르거나 느려진다. 숨은 규칙적이다. 만일 숨이 불규칙하면 몸은 균형을 잃고 마음은 안정감을 찾지 못한다. 몸이 균형을 잃어 병이 들고 마음이 안정감을 잃으면 불안과 착란에 시달리며 헛것을 보기도 한다. 헛것은 곡두다. 상여가 나갈 때 상여 위에 종이나 나무로 만든 인형을 붙인다. 그게 곡두다. 곡두는 살아 있는 게 아니라 환영이다, 귀(鬼)다. 귀는 참된 존재가 아니다. 허상이다.

사람에 따라 숨의 파장이 다르다. 몸집이 큰 사람의 숨, 작은 사람의 숨, 그리고 어린아이의 숨과 어른의 숨은 모두 다르다. 뿐만 아니라 같은 사람도 시간과 장소, 활동과 수면에 따라 다르다. 따라서 몸을 건강하게 유지하고 마음을 안정시키려면 숨을 편안하게 조절할 줄 알아야 한다. 우리 몸이나 마음의 건강은 모두 숨에 달려 있다, 숨의 리듬에 달려 있다. 그리고 살아 있는 모든 생명은 자신만의 고유한 숨의 리듬이 있다. 그 고유한 리듬을 찾는 일이 삶의 길이다. 빛의 파장처럼 생명은 숨의 리듬을 따라 목적지를 향해 파동하며 움직인다. 마찬가지로 우리가 언어로 표현하는 모든 것들도 리듬을 갖고 있다.

3
과녁을 찾지 못하는 말들

존 그레이에 의하면 인간만이 침묵을 필요로 한다고 한다. 다른 동물들은 이미 침묵 속에 살아가고 있기 때문이다. 하지만 인간은 머릿속에 소음이 가득해서 그 소음을 몰아내기 위해 침묵이 필요하다. 우리는 머릿속의 소음을 어쩌지 못한다. 머릿속의 언어들은 우리가 어쩌지 못하는 자동인형의 목소리를 낸다. 자신의 의도와는 상관없이 들락날락하는 머릿속의 목소리들은 나를 조종하고 괴롭힌다. 특히 현대인들은 머릿속 소음으로 자신의 말을 잃었다. 더욱이 진정한 대화조차 없다. 내면의 목소리를 잃었기 때문에 대화란 소통이 아니라 소음이 되었다.

독백, 이것은 인간의 운명이다. 머릿속의 언어를 어떻게 할 수 없는 우리는 자신의 말에 처형당한 존재다. 그 언어는 자신만의 울타리를 만든다. 그 울타리는 시간이 갈수록 깊고 두껍게 쌓인다. 결국 우리는 진정한 타자의 목소리를 듣지 못하고 자신이 만든 언어의 감옥 속에 갇힌다. 우리는 자신의 언어의 감옥 속 수형자다. 그러므로 오늘날 인간과 언어의 관계는 주객이 전도되었다. 우리가 언어를 활용하는 게 아니라 언어가 우리를 규정하고 만들어낸다. 알아들을 수 없는 말들 속에서 살아가는 오늘날의 인간은 혼돈에 빠졌다.

언어가 우리를 만들어내고, 우리의 생활을 만들고, 우리를 이야기해준다. 우리는 언어가 만들어내는 의미에 종속된다. 그 언어의 의미는 끊임없이 바뀐다. 그 액체적 특징으로서의 언어에 의해서 한 존재는 규정되고 이야기된다. 언어가 없다면 우리의 삶은 아무런 의미가 없다. 모든 의미는 언어로 되어 있기 때문이다. 뿐만 아니라 언어는 보이지 않는 감각이나 감정을 붙들어준다. 기호로 되어 있는 언어는 그 자체 아무 뜻도 형상도 없지만 우리의 머릿속을 지배한다. 우리의 의식이나 무의식이 언어로 되어 있기 때문이며, 심지어 꿈조차도 언어로 되어 있기 때문이다. 언어는 우주이며, 우리를 지배하는 무의식적 기관이다.

언어가 인간만의 전유물이 되기 전까지는 본래 언어는 자연의 소통의 도구였다. 새소리 같은, 안개 같은, 바람에 바스락거리는 나뭇잎 같은, 물소리 같은 말이었다. 우리는 그 말을 통해서 서로 소통하고, 다른 생명체와도 소통할 수 있었다.

다른 생명체와 소통할 수 없는 언어는 급기야 우리까지도 자신의 하수인으로 만들었다. 이제 언어에 발을 담그는 순간 우리는 언어의 노예가 된다. 본래 어머니로부터 배운 말이 우리를 지배하고, 내 삶을 만든다. 그런데 우리의 모든 것은 우리와는 상관없는 말로 되어버려 우리끼리조차 소통이 어렵게 되어버렸다.

우리는 그 언어에서 벗어나기 위해서 무수히 많은 새로운 말을 만든다. 그럴수록 언어는 스스로 그 뜻을 바꿔버리며 새로운 말을 파생한다. 그리고 말은 마법의 손처럼 금세 우리에게 검은 그림자를 씌운다.

우리는 벗어나려야 벗어날 수 없는 언어의 노예다. 우리는 그 말에서 벗어나기 위해 몸부림치다가 너무 많은 말을 하게 되어버렸다. 고도 자본주의 사회에서는 언어가 최대의 무기로 삼는, 아무도 그 뜻을 알 수 없는 말, 뜻이 좇아올 수 없도록 말들이 설사하듯 쏟아진다. 언어는 상품이 아니라 기호다. 기호는 스스로 파생하고 자기들끼리 소통한다. 그 기호는 쓰는 인간과는 아무 상관이 없어졌다.

다음은 어느 잡지에서 뜯어온 말이다. 읽으면 헛발질하는 말들이 우리들의 귀를 더럽힌다.

으르렁거리는 말이 창틈에서 끼익, 우는 백짓장이 있다. 바람의 손가락이 스윽, 지나가면서 오늘 양배추국은 먹은 거야, 물어도 눈만 깜박이는 전등에서 방울지는 빛. 어둠을 발효시켜야 해. 종이는 병든 목소리로 가득하지. 청바지를 걸친 해골이 파라솔 아래에서 캔 커피를 홀짝인다. 오늘의 이야기 속에 나는 없다. 그냥 누군가의 헛발질이 난무하는 저녁으로 흐르는 얼굴은 엉큼하다. 엉거주춤한 표정들이 엉기어 엉덩방아를 찧으며 엉너리치는 엉터리 사기꾼이 저만치 꼬리를 친다.

과히 설사하는 말이다. 이렇게 설사하는 말을 듣고 나면 우리의 가슴은 답답하다 못해 멍이 든다. 어떤 말 속에서도 존재를 찾을 수 없기 때문이다. 이렇게 뱉은 말들은 존재의 목소리라고 보기 힘들다. 이 말들은 하나의 말이 다른 말을 베끼는 데에 불과하다. 말하는 사람의 목소리가 보이지 않는다. 말은 말인데 언어가 무작위로 설사하는 듯한, 말에서 말이 파생하는 듯한 말이다. 그래서 말들은 자꾸 헛발질을 한다. 내가 뱉는 말 속에 나는 없다. 그럴수록 나는 조급해져서 머릿속 채널을 마구 바꾼다. 헛소리가 쌓이고 쌓인다.

아무 뜻 없는 말을 마구 뱉으면 짜릿한 흥분을 느낀다. 하지만 나도 내 말을 하고 싶다는 바람을 내려놓을 수가 없다.

말이 많으면 그만큼 헛소리가 많아진다. 되짚어 생각해보면 무슨 말을 했는지 아무 생각이 나지 않는다. 혼자 가만히 누워 밖에서 했던 말을 주섬주섬 기억하려 하지만 하나도 잡히지 않는다. 하지만 뱉은 말이 많은 것 같아 괴롭다. 밤새 잠을 자지 못한 것처럼 머리가 무겁고 가슴이 천리 길을 달려온 듯하다. 나는 어디에서 헤매다 왔는가. 그때 불현듯 떠오른 생각 하나.

오늘도 입이 먼 길을 갔다 왔구나.

소음 속에 뱉어놓은 말은 어디를 헤매고 있는가. 오늘날 우리가 느끼는 이 말은 우리의 주위를 뱅뱅 돌 뿐 도달해야 할 마음의 과녁을 찾지 못하고 있다. 그 말은 소음 속에서 귀신처럼 다른 사람의 가슴에 도달하지 못한다. 우리의 가슴으로 바로 다가오는 말은 침묵을 닮았다. 그 침묵은 자연의 언어이며 신의 언어여서 분절되지 않고 음악처럼 스며든다. 그 언어가 리듬을 타는 시다.

멘델스존의 바이올린 협주곡을 듣고 싶다.

4
숨은 쉼이다

이제 숨을 돌려야 한다. 그러기 위해서 바쁜 일상에서 떠나야 한다. 우선 편안히 앉아 허리를 곧게 펴야 한다. 그리고 숨은 깊고 고요해질 때까지 들이쉬고 내쉬고를 반복한다. 하지만 머릿속으로 차오르는 것들이 있으면 금세 다시 숨이 가빠진다.

K는 이유 없이 불안하고, 뭔가 미심쩍은 일이 일어날 것 같아 자주 뒤를 돌아보고, 뭔가가 엄습해 올 것만 같아 두려웠다. 이렇게 안절부절못하다 보니 그의 손과 머리는 언제나 부산스럽다. 티브이 채널을 이곳저곳으로 돌려보기도 하고, 손에서 떠나지 않는 스마트폰은 그의 몸 일부나 마찬가지였다. 그는 마치 자신의 삶을 사는 게 아니라 누군가의 조종을 받아 끌려다니는 것 같았다. 그에게 삶의 줄거리는 일정하지 않다. 그는 제자리를 찾지 못하고 부스러

진 존재 같았다. 어디에서도 그를 붙박게 할 곳이나 멈출 만한 시간이 없었다. 그는 세상의 속도에 휘말려 떠돌았다. 정신적으로 유랑하고 있었다. 그는 도대체 어느 시간 어디를 걷고 있는가.

이렇게 불안한 자아 때문에 그는 미디어에 코를 박고 산다. 티브이 속에서 아침을 맞이하고 전화기 속으로 약속을 잡고 인터넷 속으로 출근하고 스마트폰 속에서 하루를 보낸다. 그의 하루는 티브이와 스마트폰이 지배한다. 그는 미디어 속에 집을 짓고 미디어 속에서 사람들을 만나고, 정보를 얻고, 물건을 사고, 섹스를 한다. 그는 미디어 인간이다. 그는 성경에서 말하는 살과 뼈를 갖고 있지 않았다. 그는 이미지다. 실재하는 그라는 존재는 없다. 그에게 실재는 거짓말이다. 그러므로 그는 있기도 하고 없기도 하다.

아내는 아침이면 카톡으로 그를 찾는다.

밥 몇 시에 먹을 거야?

8시.

나, 오늘 외출할 거야. 알아서 먹어.

이렇게 시작된 그의 하루는 스마트폰으로 먹을 것을 배달받아 점심을 먹고, 폰 속의 친구들에게 말을 건넨다. 이미지도 보내고, 의견도 묻는다. 그에게는 슈뢰딩거가 말한 것처럼 상상의 세계보다 실제가 훨씬 더 비현실적이다.

그는 직업을 잃은 지 일 년이 넘었지만 늘 바쁘다. 할 일이 너무 많아 머릿속이 쉴 틈이 없다. 어느 누구도 만나지 않지만 너무 많은 사람을 만나고 너무 많은 일을 한다. 쉬어야겠다, 쉬어야 해, 라는 생각은 머릿속을 지배하는 그의 화두다. 하지만 그의 머릿속은 교통지옥이다. 너무 많은 사람이 들어와 있다. 잡음으로 가득한 머릿속의 말들. 그 잡음이 그를 지배한다. 하지만 그 잡음이 없으면 그는 살아갈 수가 없다. 그는 잡음이 만들어낸 이미지이므로. 숨쉬는 이미지, 그것이 그다. 하지만 그는 마르쿠제의 이미지 사회를 살아가는 일차원적 인간이다.

밥을 먹고 일자리를 찾아 헤맨다. 스마트폰에서 채용 공고를 확인하고, 그 회사를 검색하고, 이력서를 쓰고, 며칠 전에 넣었던 회사의 합격 여부를 확인한다. 그는 안 되리라는 걸 알면서도 이 일을 반복한다. 그러면서 끊임없이 자신에게 말한다.

나는 쉬어야 해!

이제 나만의 공간을 갖고 싶어!

그는 중얼중얼 혼잣말을 한다. 누군가가 그를 지켜보고 있다면 아마도 정신이 이상하다고 느낄 것이다.

정말 나는 쉬어야 한다. 숨을 쉬고 싶고, 나를 내려놓고 싶다. 머릿속에서 수많은 말들이 부딪는 소리를 듣고 싶지 않아.

스마트폰을 끊어야 해!

하지만하지만하지만, 그렇지만그렇지만그렇지만, 만약만약에만약에말이야, 안돼안돼안돼안돼, 나는 죽을 거야. 존재 밖으로 던져지고 말 거야.

그는 아내에게 카톡을 보낸다.

언제 올 거야?

……

기다려도 답이 없다. 전화를 해봐? 아냐. 화낼 거야. 그녀의 인상 쓴 얼굴이 떠오른다. 어떻게 친구들 있는데 전화질이야. 친구들은 남편 신경도 안 쓰더라. 불안해서 친구도 못 만나겠네, 어이 씨. 그는 할 말을 잃는다. 머뭇거리는 게 그의 성격이다.

나는 내 땅 위에 서 있고 싶고, 내 하늘의 공기를 마시고 싶어!

이렇게 외치고 싶지만 그의 머릿속에서는 늘 다른 말이 떠오른다. 그녀가 가출을 해버리면, 그녀가 화가 나서 외면해버리면, 그녀그녀그녀그녀그녀…….

몸이 떨린다. 이 떨림 증상이 시작된 게 언제인지 모르겠다. 나는 쉬어야 해, 쉬어야 해, 쉬어야 해. 쉬고 싶다고…….

머릿속을 비우고 싶다고!

몸 세포들이 들고 일어나지만 그는 어떻게 해볼 엄두를 내지 못하고 있다. 눈을 깜박거리고 다리를 떨고 가슴을 풍선처럼 내밀어 보지만 소용없다.

지그문트 바우만에 의하면 요즘 사람들은 불안을 잠재우기 위해, 일에서 도망 다니기 위해 산책하고 유랑한다고 한다. 그만큼 휴가는 있어도 여유는 없다.

K는 떠돌이가 되고 싶지 않았다. K는 자신의 동네에서 조용히 살고 싶었다. 어떤 지식도 갖고 싶지 않았다. 스마트폰을 버려야 할까. 티브이를 꺼버려야 할까. 인터넷은? 하지만 그는 어디에서도 편하게 머무르지 못했다. 자신만의 숨, 리듬을 잃어버렸기 때문이다. 그는 자신만의 숨을 되찾아야 한다.

이제 숨을 돌리고 주위를 둘러봐야 한다. 그러면 보인다, 모든 것들이.

숨은 쉼이다.

5

깊은 강은 고요하게 흐른다

한 번만이라도 숨을 깊이 들이마시고 싶어요. 온몸 가득 공기를 채우고 싶어요.

중학교를 다니는 열네 살 지연이는 그렇게 말하고 나서 잔기침을 연거푸 해댔다. 그리고 곧바로 휴대용 호흡기를 꺼내 공기를 들이마셨다. 호흡기에 하얀 김이 서렸다. 창백한 얼굴이 금세 살아났다.

겉숨이 뭔지 알아요?

멍 때리기가 뭔 줄 아니?

겉숨으로는 깊은 잠도 잘 수 없어요.

아무 생각 없이 그저 멍, 하니 있는 거야. 머릿속을 비우는 거지. 멍 때리기 대회도 있단다.

내 숨은 항상 어딘가를 달리고 있단 말예요. 숨이 가빠요. 숨 속에서 도망 다녀본 적 있어요? 그건 죽음을 피해 도망 다니는 것 같아요.

멍하게 있어봐.

숨이 나를 막 쫓아와요. 그럴 때면 헐떡거리며 숨에서 도망쳐야 해요.

숨을 깊이 들여다봐.

2014년부터 멍 때리기 대회가 열렸다. 그런데 '멍 때린다'는 말은 맞지 않는다. 멍 때린다고 했을 때 그 본래의 뜻은 '골 때린다'에서처럼 '멍이 든다' '멍에 빠진다'라는 뜻이 된다. 뇌의 건강을 위해서, 그리고 수명을 늘리기 위해서는 멍 때리기가 머릿속 비우기로 쓰이기도 하지만 신경학계에서는 일반적으로 '멍 때린다'가 머릿속이 교통체증에 빠진다, 라고 해석한다. 보통 '멍 때리기'를 머리 비우기로 이해하더라도 "너, 멍 때리고 있지 마!"라고 했을 때 우리는 오만 잡생각으로 머릿속이 교통체증에 걸려 아무것도 할 수 없다는 뜻으로 쓰는 경우가 더 많다.

다른 한편 '멍'을 철학적으로 접근하는 경우가 있다. '때린다'란 서술어를 빼버리면 '멍'은 본래 자아를 잃어버림을 뜻한다. 나라고 하는 의식과 타인이라고 하는 의식 등을 잊어버리고 아무 생각이 없는 상태가 곧 멍이다. 『벽암록』 32칙에 보면 임제가 제자를 때린다. 제자는 순간 멍해진다. 이때 멍은 무아지경에 빠지는 걸 의미한다. 순간적으로 백지 상태가 되어버릴 때 멍이 온다. 하지만 그 상태가 오래가면 자칫 귀신 소굴에 빠질 수 있다. 그러므로 멍은 오래가면 안 된다. 순간의 멍을 통해서 또 다른 통찰로 나아가지 않으면 마음이 병들어 존재는 멍든다.

도시인들은 자연 속에서 사는 사람들에 비해 들숨이 현격하게 떨어진다고 한다. 오염된 공기 때문에 도시인들은 자신도 모르게 들숨을 줄인다고 한다. 도시에는 사건과 이미지, 말 들이 폭발적으로 많이 유통된다. 사람들은 그 사건과 이미지, 말 들을 좇느라 자신을 돌아다볼 여유가 없다. 속도를 늦추면 경쟁에서 뒤진다. 그래서 사람들은 항상 시간이 모자라서 쫓기고 쫓긴다. 마음은 여유를 가지라고, 휴식을 취하라고 하지만 그건 머릿속 생각일 뿐 몸이 먼저 조급증을 낸다. 도시인뿐만 아니라 현대인들은 하나에 오래 머물러 있지 못하고 너무 많은 일을 하거나 너무 많은 정보나 이미지 속을 떠돈다. 그만큼 숨은 급하고 얕다. 들숨이 얕아지면 날숨 또한 짧아진다. 들숨이 얕으면 몸에 필요한 산소가 항상 부족해진다. 날숨이 짧아지면 몸속의 노폐물을 뱉어내지 못한다. 그만큼 몸의 균형이 깨진다. 그리고 피로에 찌들게 된다.

그런 숨 속에서는 잠도 늘 얕다. 잠이라도 깊이 들 수만 있다면 휴식을 취할 수 있는데 잠조차 깊이 들 수가 없다. 그래서 늘 겉잠이다. 피곤에 지쳐 잠이 들었지만 서너 시간이면 깨고 만다. 한 번

깨면 다시 잠들기는 쉽지 않다. 엎치락뒤치락 하다 보면 벌써 아침이다. 머릿속은 온통 부스러기 같은 생각들로 꽉 차 있고 피곤은 늘 달고 산다. 어제 있었던 일, 동료의 말, 전철에서 들었던 이야기, 뉴스, 오래된 일들…… 오만 잡동사니 사건과 이미지들이 머릿속에 가득하다. 그럴 때면 숨은 가빠져 들숨을 거의 쉬지 못한다. 쇼펜하우어가 말했던 것처럼 우리는 터질 줄 알면서도 계속 풍선에 바람을 넣는 것처럼 짧은 날숨을 내뱉으며 정신없이 뛰어다니게 된다.

부스럭거리는 소리에 깬 뒤, 잠을 놓치고 나서는 다시 잠들 수가 없다. 다시 잠을 불러오기 위해서 별짓을 다 해본다. 머릿속을 비우기 위해 온몸과 머리에 힘을 빼고 눈을 스르르 내리감아보기도 하고, 숫자를 세보기도 한다. 자려는 의식 자체가 잠을 방해하기도 한다. 그리고 잠깐 잠들더라도 그때뿐, 다시 소리 없는 소음들이 쌓인다. 시간이 지날수록 몸은 노곤하고 목은 칼칼하다. 리듬이 깨지면 깊은 침묵은 절대 오지 않는다. 심장은 불규칙하게 어디론가 급히 뛰어다닌다.

무엇보다도 심장을 달래야 한다. 심장에게 리듬을 되찾아줘야 한다. 리듬, 오직 리듬이다. 심장이 제 보폭을 유지할 수 있게 해야 한다. 심장을 달래는 데에는 심호흡만 한 게 없다. 깊이 숨을 들이쉬고 천천히 내뱉어야 한다. 심장이 제 리듬을 찾을 때까지 들숨과 날숨은 계속 되어야 한다. 깊은 호흡만이 심장을 달랠 수 있다.

숨도 쉬는 법이 있다.

이와 관련하여 숨어 살기 좋아했던 허균이 중국의 『도서전집』에서 인용한 글을 보자.

> 서른여섯 번 호흡 중에 첫 번째가 중요한데, 내쉴 때도 조용히 하고 들이쉴 때도 조용히 하며, 앉아서도 그렇게 하고 누워서도 그렇게 하며, 서 있을 때도 평탄하게 하고 걸을 때도 평탄하게 하며, 떠드는 곳에 가지 말고 비린 것을 먹지 말라. 이것을 태식(胎息)이라고 하지만 사실은 단전으로 숨 쉬는 것인데, 병만 고쳐질 뿐 아니라 생명도 연장되어 오래오래 그렇게 하면 신선이 되는 것이다.

허균이 말하고 싶었던 숨은 단전호흡이라고도 하는 배호흡이다. 고요하고 고요하게 배로 들이쉬고 내쉬기를 서른여섯 번 이상 한다. 아마도 30여 분은 족히 걸리리라. 이때 숨에 집중해야 한다. 숨 속으로 들어가서 숨과 함께 걷고 숨과 함께 놀아야 한다. 멍 때리기도 마찬가지다. 호흡의 리듬을 타야 심장을 다독일 수 있고, 숨이 잠든다. 심장이 잠들고 숨도 잠들면 머리도 잔다. 머리를 뉘는 것은 심장을 뉘는 것이며, 심장을 눕히기 위해서는 호흡이 잔잔해야 한다.

강물이 깊으면 흐름은 느려지고 소리도 고요해진다.

지연이에게 말해주고 싶다. 얘야, 네 안의 고요한 강물을 느껴봐라. 네 숨의 강물이 얼마나 깊은지 느껴봐라. 날마다 조금씩 느리게 느리게 네 몸에 숨을 채워보아라. 아래쪽, 아래에서부터 천천히……. 네 숨의 강이 얼마나 깊어질 수 있는지 느껴보아라. 그리고 그 속에서 소리 없이 천천히 헤엄쳐보아라. 물방울이 튀지 않도록, 물소리가 들리지 않도록. 그것이 들숨과 날숨이 서로 주고받는 이중주란다.

숨 위에 올라서지 말고 숨과 더불어 가야 한다. 그때 우리는 한 그루의 나무처럼 구름처럼 바람처럼 무한한 자연이 된다. 그러면 '위대한 저녁'이 온다.

지연아, 숨은 네 자신을 찾는 길이란다. 숨의 깊이를 재보기 위해서 오래도록 숨을 들이마신 후 다시 오래도록 내쉬어봐. 네 뱃속을 숨으로 정화해봐. 그러면 머리는 텅 비고 몸조차 가벼워질 거야. 거기에 새로운 우주가 있어. 네 자신이 곧 우주의 중심이야.

고요한 자신의 리듬으로 한 말은 자연을 닮았다. 그리고 그 말의 리듬이 시다.

6
몸이 알아야 마음이 안다

사람은 다섯 수레의 책을 읽어야 한다. 이는 두보가 장자의 말에서 따와 시로 표현한 말이다. 다섯 수레의 책이라면 오늘날로 따진다면 오백 권은 족히 되리라 본다. 예부터 동양에서는 책을 많이 읽으면 천 리를 내다볼 수 있다고 했다. 그래서 많은 서생들은 책을 많이 읽는 것으로 본분을 삼았다. 분명 책을 많이 읽으면 해박한 지식을 갖게 된다. 하지만 책을 너무 많이 읽으면 그 책 속에서 허우적거릴 것도 뻔히 보인다. 남의 이야기와 언어 속에서 허우적거리면 자신의 언어를 잃게 된다.

움베르토 에코는 말했다.
"책은 언제나 다른 책에 대해 말한다."

교수 A는 해박한 지식을 가진 학자였다. 그는 학교에서는 많은 수강생들을 모으고, 신문에 칼럼을 쓰고, 방송에 나가 많은 얘기를 했다. 뿐만 아니라 잡지에 꾸준히 글을 썼다. 그는 수많은 독자를 몰고 다녔으며, 신문사나 잡지사에서는 그의 글을 받으려고 줄을 섰다. 그는 우리 사회를 이끌어가는 석학이다. 그의 한마디는 많은 논쟁거리가 되며, 그의 생각은 시청자나 독자들이 늘 신경을 써서 챙겨봐야 한다. 그는 끊임없이 책을 읽는다고 한다. 일주일에 서너 권, 방학 때에는 열 권까지 읽는 때도 있다고 한다. 철학에서부터 문학 · 과학 · 역사 · 경제 · 시사 등 읽지 않은 분야가 없는 그는 분명 우리 시대를 이끌어가는 지식인이다.

> 나를 부러워하지 말게. 나도 멈출 수가 없네. 난 내 얘기가 없어. 내 머릿속에는 남의 책, 남의 말들로 가득 차 있어. 나도 미치겠네. 다 쓸데없는 짓거리야. 책이 없으면 나는 아무 말도 글도 할 수도 없고 쓸 수도 없어. 나는 책을 떠나면 바보야. 남의 걸 몰래 베끼는 거지.

그가 사석에서 한 말이다. 그런 말이 있다. 서너 권을 베끼면 표절이고, 열 권을 베끼면 우수한 글이며 백 권을 베끼면 천재적인 글이다. 하지만 많이 읽으면 자신의 말을 할 수가 없다. 이 세상에 새로운 것은 없다는 성경의 말씀처럼 이제 새로움은 없다. 인간사에서 독창성은 백 분의 일도 찾아보기 힘들다. 독창성은 이미 천

년 전에 끝났다. 이제 새롭다는 것은 그 시대에서 요구하는 맞춤형 지식이다. 따라서 A 교수의 고통은 충분히 이해할 수 있다. 우리 시대 지식이란 서로 베끼면서 이루어지는 짜깁기다. 얼마나 짜깁기를 잘하느냐에 따라 새로움이 만들어진다. 그것은 책에 우리 자신이 끌려다니기 때문에 일어나는 현상이다. 하지만 내 마음으로 읽는 책이 아니라면 아무런 의미가 없다.

책에서 얻은 지식은 또 다른 책을 부른다. 아무리 쌓아도 모자라는 갈증, 그것은 근심의 근원이다. 아우성들! 그 지식은 탐욕의 말들이다.

우리는 너무 남의 지식에 의존한다. 우리가 반드시 읽어야 할 책은 모든 분야를 망라해서 그렇게 많지 않다. 아마도 백여 권에 불과할 것이다. 그 백여 권의 책은 위대한 지식이다. 나머지는 그 책들을 베끼는 맞춤형 문장이다. 책이란 과거의 지식이다. 그 책 중 일부는 전범이 되겠지만, 그 전범이 되는 책을 베끼는 책이 더 많다. 이 지상의 책 대부분은 베끼거나 짜깁기한 문장들이다. 더욱이 그런 책들은 한 시대를 넘기기 힘들다. 책이란 인간의 문제를 제기하는 일정한 형식을 갖춘 문장이다. 천 년 전이나 지금이나, 인간의 지식이나 생각은 그렇게 많이 변하지 않았다. 단지 실용적인 과학이나 형식이 달라졌을 뿐이다. 천 년도 넘은 성경이나 불경이 지금도 읽히는 것은, 그 책들이 단순히 교단의 법전이어서가 아니라 우리 인간의 지혜가 별로 변하지 않았기 때문이다.

독서법에는 두 가지가 있다. 하나는 많은 책을 읽는 것이며, 다른 하나는 한 권의 책을 반복해서 계속 읽는 것이다. 많은 책을 읽는다는 것은 독서 습관에 도움이 된다. 그리고 한 권의 책을 수백 번 읽는 것은 깊이 읽을 수 있어서 좋다. 그러나 무엇보다도 너무 많은 책을 읽는 것은 우리의 두뇌를 혹사하는 일이다. 책이란 남의 생각이다. 남의 생각에 빠져 있으면 자신의 생각을 갈고 닦을 기회를 잃게 된다. 쇼펜하우어는 「사색」이라는 글에서 말했다. 너무 많은 책을 보면 자신의 생각을 없애버리고 미로 속에 빠진다고.

> 독서는 사색의 대용품에 지나지 않는다. 독서는 다른 사람에게 사상 유도의 역할을 맡기는 것이다. 대부분 책의 효용이라는 것은, 그 지도를 받는 사람 앞에 얼마나 많은 미로가 있으며 그 사람이 얼마나 심한 오류에 빠질 위험성이 있는가를 제시할 뿐이다.

책이란 눈으로 보는 게 아니다. 마음으로 받아들이는 것이다. 마음이 너무 많은 사람들의 생각 속을 떠돌아다니면 자신의 자리를 잃게 된다. 나를 잃어버린 사람은 백만 권의 책을 섭렵했다 하더라도 의미 있는 한 줄의 자신의 말을 할 수 없다. A 교수의 한탄을 들어보지 않았는가. 그는 남을 속이고 있다는 생각에 마음속으로 부끄러움을 느끼고 있다. 책이란 눈으로 보는 게 아니라 마음으로 받아들이는 것이다. 베끼고 베낀 것들을 읽고 있으면 뭐가 진실인지, 뭐가 참 삶이며 존재인지 스스로도 분간하기 힘들다.

주인의식을 갖고 책을 읽어야 한다. 책의 주인이 되지 못하면 책을 많이 볼수록 마음은 산란해진다. A교수의 가장 큰 문제점은 책의 주인이 되지 못하고 남의 책에 끌려다니는 노예라는 데에 있다. 그의 머릿속은 너무 많은 말들로 꽉 차 있어서 어떤 게 자신의 목소리인지 알 수 없다. 그래서 그의 머릿속은 소음으로 가득 차 있다. 머릿속이 소음으로 가득 차면 자신의 내면의 목소리를 듣지 못하고 난청을 일으킨다. 자신의 내면의 말을 듣지 못하거나 보지 못하면 귀머거리요 소경이다. 그러므로 책을 읽되 그 저자와 내 마음이 서로 대화하는 방식으로 읽어야 한다. 크리슈나무르티는 남의 지식에 의존하면 낡은 것에 의존하는 것이라 했고, 노자는 지식에 의존하면 눈에 보이는 것밖에 알지 못한다고 했다. 나의 내면의 목소리에 귀 기울이는 사람이 참된 지식인인 것이다.

우리가 정말로 안다고 하는 것은 자신이 몸으로 겪은 것들이다. 몸으로 겪은 게 아닌 일은 안다고 생각하는 착각이다. 체험으로 아는 일은 절대로 잊어버리지 않고 마음 저 깊은 곳에 쌓인다.

독서란 마음으로 책을 읽는 행위다. 눈으로 읽는 책은 단순 지식이지만 마음으로 받아들이는 책은 내 생의 양식이 된다. 머리로 책을 읽으면 머릿속이 교통체증에 걸린다. 머릿속이 남의 생각으로 가득 차면 우리는 지식의 노예가 된다. 그러므로 마음으로 대화하는 책 읽기를 해야 한다. 마음으로 읽는 책은 굳이 종이 책일 필요가 없다. 세상 모든 현상이나 풍경이나 소리, 사건, 이미지 등 감각되는 것들은 모두 나와 소통한다. 아침에 일어나 맑은 공기를 쐬며 풍향계 위에 앉아 있는 까치를 보면서 한마디를 뱉는다. 자연과 마음으로 소통하면 누구나 시인이다.

풍향계 위에서 우는
까치 한 마리
산사의 종소리가 손에 잡히네

이러한 감각은 한 페이지 자연의 책 읽기에서 비롯한다. 선불교에서 육조 혜능이 위대한 것은 그가 글자를 읽지 못했기 때문이다. 문자란 지식을 전달하는 매개다. 지식은 분별로 이루어져 있다. 분별은 네가 있고, 내가 있으며, 제삼자가 있음을 인정한다. 나무와 사람이 어떻게 다른가를 분별하는 게 언어다. 혜능은 이런 분별의 언어인 글자를 읽지 못했다. 따라서 그는 언어도단에 쉽게 접근할 수 있었다. 그는 언어에, 지식에 기대지 않았다. 그것은 곧 분별에서 떠나는 일이다. 지식의 분별에서 떠나면 자연과 내가 하나가 된다. 페소아는『불안의 서』에서 이런, 자연과 눈 마주치기를 응시하라고 했다.

이해하려 하지 않고, 분석하지 않고 (…) 스스로를 자연과 마찬가지로 응시하기. 이것이 지혜다.

이런 관점에서 보면 앞의 시는 집 앞 은행나무 한 그루가 내뱉음직한 표현이다. 〈십우도(十牛圖)〉라는 그림에 입전수수(入廛垂手)라는 단계가 있다. 자신이 쌓은 모든 수련을 최후에 자신의 몸으로 직접 느끼고 손을 펼쳐 받아들이는 단계, 즉 아무 거리낌 없이 세상을 받아들이는 자유인의 마음이다. 산사에서 아무리 용맹정진 수행한다 한들 세속에서 맥없이 무너진다면, 그 수행이 무슨 쓸모가 있겠는가. 입전수수란 어울림이다. 순수 존재는 뭇 사람들과 어울려 그들 속에 있어도, 함께 생활해도 자신의 깨끗한 마음이 변하지 않고 오히려 그들을 변화시킨다. 오히려 다른 사람에게 감화를 일으킨다. 책은 그냥 종이로 된 말이다. 종이 말, 잉크 냄새 나는 말이다. 종이 말은 머릿속의 말이나 마찬가지다. 종이 말은 아무리 많더라도 종이의 잉크 냄새만을 풍길 뿐이다. 세상 속에서 사람들이나 자연이 쓴 그때그때의 말이야말로 살아 있는 책이다. 그 책 속의 말은 내 말과 얼마나 다른가, 어떻게 다른가를 금세 알 수 있다.

인간은 숲속 한 그루 나무만큼의 존재다.

자신의 내면에 귀 기울이는 사람은 상수리나무가 써내는 책을 읽고, 바람이 전해주는 말을 듣는다. 그 말이나 책에서 우리는 자연 속 존재라는 걸 배운다. 우리는 자연인이다. 돌멩이 하나, 조그만 제비꽃 한 송이처럼 그냥 이 우주 속 하나의 존재다. 일정한 시간과 공간을 차지하고 있으면서 성쇠를 겪는 존재다. 왔다가 언젠가 그냥 아무 뜻 없이 휘 가는 풀잎이다.

나는 누구인가? 그 나를 찾는 과정이 삶이며, 그것은 몸과 마음을 하나로 통일시키는 일이다. 밤하늘을 바라보고, 멀리에서 다가오는 들판의 풍경을 눈 안으로 끌어당기면 나는 그 안의 고요한 한 마리 짐승이다. 하지만 그 짐승은 숨으로 우주를 쓸어 담고 숨으로 우주를 뱉는다. 모든 존재는 우주이므로.

7

시는 언어의 숨이다

반시(半視)라는 말이 있다. 부처의 눈을 보면 아래로 내리깔아 뜨고 있다. 감은 것도 아니고 뜬 것도 아닌 상태의 눈이 바로 반시다. 눈이란 귀와 함께 우리의 외부의 사물이나 사건을 받아들이는 창구다. 특히 눈은 어느 감각보다 우리의 마음에 영향을 많이 입힌다. 눈을 보면 그 사람의 마음을 읽을 수 있고, 그 사람의 건강 상태를 알 수 있다. 눈은 마음의 창구이면서 밖의 일들을 내 안으로 끌어들이는 문 없는 문이다. 눈은 의식의 표현이기도 하다. 의식이 혼란스러우면 감고 있어도 눈꺼풀 속에서 눈은 움직인다. 아무리 억지로 잠을 청하려 해도 마음이 산란하면 눈은 잠들지 못한다. 눈은 우리 내면의 바로미터이면서 몸의 창구다.

가장 평온할 때 눈은 자신도 모르게 스르르 감긴다. 눈을 뜬 것 같기도 하고 감은 것 같기도 할 때 우리의 의식은 쉰다. 반시(半視)

란 바로 이렇게 자신도 모르게

감고 있는 듯 뜬 눈.

그 눈은 대상을 보되 끌려가지 않고 나의 존재 중심으로 본다. 그때 나도 없고 타인도 없으면 세상 자체를 잊어버린다. 순간 나는 아무도 아닌 자가 된다. 눈을 아주 감아버리는 것보다, 그리고 눈을 뜨고 있는 것보다 반시의 상태에 있을 때 잡념이 가장 줄어든다고 한다. 반시 상태로 있을 때 눈은 스르르 감기는 듯 나도 없고 타자도 없는, 하지만 명징한 의식의 상태가 된다. 의식과 무의식의 그 중간 상태에서 마음은 고요해진다. 이때 자연은 있는 그대로 다가오고, 마음은 그 자연과 교감한다. 나무나 풀이 내 살갗에서 가지를 뻗는 게 느껴진다. 하이쿠 시인 바쇼는 이런 상태에서 시를 읊었다.

나그네라고 불러주오
초겨울 가랑비

마음이 고요하니 시간은 느리게 흘러가고 나는 한 송이 우주의 꽃으로 핀다. 욕망에서 비롯한 걱정은 사라지고, 몸은 자연의 일부가 된다. 마음은 아무 뜻도 없이 고요해진다. 눈을 뜨고 있어도 감고 있어도 의식은 바람 없는 호수처럼 변화가 없어 잔잔해진다. 마음은 거울처럼 다가오는 것들을 그대로 비춘다. 그 마음에 비치는 것을 그대로 표현하면 시가 된다. 가든한 마음으로 다가온 자연이 그대로 시다. 그러므로 시는 자연이 나에게 다가와 툭, 하고 치는 감각 자체다. 그 감각을 받아쓰면 시다.

노란 은행잎이
동그랗게 그림 그리는
가을 한복판
발자국 소리 깊어지네.

눈을 감아도 보이고 눈을 떠도 보이지 않는 것들이 마음에 그대로 비친다. 귀는 눈이 되고 눈은 귀가 된다. 은행잎 하나가 우주 속으로 떨어진다. 가을이구나! 파문을 일으키면 떨어지는 은행잎은 그 자체 존재다.

시는 존재의 언어이며, 언어의 숨이다.

8
담백한 말

거울은 사물이나 풍경을 보이는 대로 비춘다. 거울은 절대로 자신을 드러내지 않고 비치는 대로 보여준다. 그래서 바르트는 거울 언어를 0도의 언어라고 했다. 0도는 플러스 마이너스가 없다는, 즉 주체와 객체가 없다는 뜻이다. 0도의 언어는 타인과 자아를 구별하지 않는다. 그래서 롤랑 바르트는『기호의 제국』에서 거울을 텅 비어 있음의 상징이라고 했다.

> 동양의 거울은 텅 비어 있으며, 상징의 텅 비어 있음 바로 그 자체를 상징한다. (도가의 한 선사는 이렇게 말했다. "완벽한 인간의 정신은 거울과 같다. 아무것도 잡지 않으며 그 어느 것도 물리치지 않는다. 받아들이기만 할 뿐 어느 것도 소유하지 않는다.") 거울은 다른 거울들을 붙잡을 뿐이며 이렇게 끝없는 반사는 텅 비어 있음 그 자체다. (우리가 알다시피 비어 있음은

또한 곧 형식이다 色卽是空)

바르트는 거울이 텅 빈 마음을 상징한다고 본다. 그는 또한 선불교에서 상징으로 많이 끌어들이는 물을 거울과 동일한 상징으로 본다. 하지만 서양에서 거울은 무서운 물체다. 보르헤스는 거울이 무섭다고 했고, 나보코프는 거울이 자신을 찌부러뜨린다고 했으며, 다른 많은 작가들도 거울을 또 다른 세계라고 보았다. 그에 비해 선불교에서는 거울을 바르트의 언급처럼 텅 비어 있는 공, 빈 터의 상징으로 본다. 바르트가 말한 0도란 기호가 갖는 의미의 제로화이다. 그는, 말이란 전달하려는 의미에 의해 해석해서는 안 되며 끊임없이 새롭게 해석되어야 한다는 뜻으로 0도를 끌고 온다. 한병철도『선불교의 철학』에서 거울을 상징으로 표현한다.

거울은 자기 속이 비어 있습니다. 거울은 굶으면서 아무것도 잡지 않습니다. 거울은 내면성, 즉 욕구 없이 비춥니다. 영혼이 욕구의 기관이라면, 거울은 영혼을 가지지 않을 것입니다. 거울은 아무도 아닐 것입니다. 그러나 이렇게 아무도 아니기 때문에 거울은 자기를 방문하는 존재자 모두에게 다정하게 대합니다. 그리고 마치 객정(客亭)과 같이 됩니다. 비어 있음에 근거한 거울은 모든 것을 품을 수 있습니다. "맑은 거울에는 모든 형태가 보일 수 있습니다. 거울에 어떤 형태도 들어 있지 않아도 말입니다. 왜 그렇겠습니까? 거울이 고유한 인격을 가지지 않기 때문입니다."

한병철은 거울에는 자아라는 게 없어서 영혼을 가지지 않으며, 텅 비어 있어서 누구나 품을 수 있다고 본다. 거울의 이러한 자아 없음은 꾸밈없이 단순하며, 비치는 대로 보여주는 데서 온다. 거울 너머, 혹은 뒤에는 어떤 것도 존재하지 않으며, 거울에는 비치는 대상에 따라 자신의 의도를 덧붙이지 않는다. 그 대상에 자신의 의도를 끼워 넣지 않기 때문이다.

이와 같은 언어는 표현하는 자의 주체가 들어갈 수 없으며, 그 주체의 내면을 표현하지도 않는다. 그러므로 거기에는 어떤 숨은 의미도 없고 비유나 상징도 없다. 그 언어 속에는 어떤 감춤도 없기 때문이다. 표현의 주체는 사물에 어떤 것도 강요하지 않는다. 그리고 그러한 언어로 쓴 시가 선시나 하이쿠와 같이 단순한 표현의 자연 언어다. 보이는 대로, 들리는 대로 표현하는 언어가 자연의 말이다. 그러한 언어는 담백해서 주체의 어떤 주관적 감정도 거기에 끼어들지 못한다. 거울에 비친 대로 보이는 사물처럼 주체는 사물과 하나가 된다. 이런 시에서 주체는 대상과 하나가 되어 상호주체다.

오늘날 우리의 현대시는 너무 많은 이미지들이나 비유가 난무한다. 이러한 비유들은 시를 어렵게 만들고 시 속에 숨은 뜻을 너무 많이 심기 때문에 나타난 현상이다. 자연은 절대로 있는 대로 드러내지 빗대어서 표현하지 않는다. 오늘날 우리 시가 어려워지고 복잡해진 이유는 우리의 의식이 파편적이며 난해해진 탓이다. 우리는 소음 속에서 살아가고 있다. 그 소음의 언어를 우리의 의식으로 받아들인 시가 오늘날의 난해시다. 난해시는 언어에 저당 잡힌 주체를 그 언어로부터 소외시킨다. 언어가 자신을 소외시키기 때문에 말은 많아지고, 전후의 문맥은 어그러진다. 그만큼 시는 시적 주체와 무관하게 허공에서 떠돌다 흩어진다. 그에 비해 편안한 자연시는 언어가 시의 주체를 절대 소외시키지 않는다. 표현 그대로 의미가 내재해 있다. '산이 시쿵시쿵' 하면 말 그대로 정말 산이 시쿵시쿵한다. 이는 의미하지 않음으로써 의미하는 것과 같다. 그와 관련하여 바르트가 동양 시에 대해 언급한 부분을 인용해보도록 하겠다.

> 하이쿠는 아주 이해하기 쉽지만 실상 아무것도 의미하지 않으며, 바로 이 이중적인 조건에 의해 특별히 자유롭고 편리한 방식으로 의미에 개방되어 있다. (…) 하이쿠가 '시'인 양 우리는 하이쿠를 이른바 '시적 감정'이라는 정서의 일반적인 영역에 둔다. 우리는 '집중된 감정'이나 '특권적 순간의 진정한 표현'에 대해, 무엇보다 '침묵'(우리에게 침묵은 언어의 충일성을 알리는 기호다)에 대해 이야기한다.

뜻 없는 말들, 말 속에 아무 뜻을 담고 있지 않은 시가 곧 하이쿠의 시이며 선시다. 시인의 자아를 심거나 말의 복잡한 의미를 심지 않는 언어가 곧 거울 언어다. '의미의 부재'의 시다. 오늘날 이 '의미 부재'라는 말을 다른 쪽으로 받아들여 시를 창작하는 부류가 있다. 그것이 난해시다. 포스트 모던한 시대에 살고 있는 우리는, 바우만에 의하면 불안으로 어디에도 안주하지 못하는 존재다. 우리가 쓰는 언어는 파편화되어 있어 어떤 의미도 잡아내지 못하고 떠도는, '감각의 미결정성'과 '의사소통의 영구적 미실현'으로 인해 사유할 시간을 갖지 못하고 빠르게 변하는 속도 속에 휩쓸린다. 이러한 언어로 쓰인 시들은 모두 정신병적이다. 정신병적인 시는 다중자아를 지니고 있으며, 의미의 미결정성으로 인해 자아는 떠돈다. 그만큼 오늘날 우리 시는 어떤 독자들의 폐부를 찌르지도 못하고 겉돈다. 언어가 현란하기는 하나 독자가 없는, 안주할 곳이 없어 마음이 불안한 시대의 시들이다. 우리는 좀비처럼 휩쓸려 다닐 뿐 주체적으로 사유하지 못한다.

그러므로 이제 담백한 시가 필요하다. 그 시는 단순하며 어렵지 않게 수용할 수 있는 자연을 닮았다.

> 담벼락 너머에서 울린
> 부산한 발소리를 따라
> 저녁이 어스름을 몰고 옵니다

마음이 깨끗한 시인은 단순한 시를 쓴다. 그는 다층적인 언어를 쓰지 않는다. 자연의 말을 그대로 받아 적는 일이 시인의 몫이기 때문이다. 두보의 시처럼 단순 명료한 시가 멀리 간다. 그리고 깊이 흐른다.

9

숨의 발자국

늦은 밤 깊은 산속 마을에 간 적이 있다. 친구를 찾아 아침 일찍 기차를 탄 뒤, 다시 버스를 몇 번 갈아타고 겨우 저녁 여덟 시가 넘어서야 마을로 향하는 길에 들어섰다. 그날은 달도 뜨지 않아 길조차 분간하기 힘들었다. 벌써 한 시간 넘게 걸었다. 자신의 발자국 소리를 들으며 어둠 속을 걸을 때 발에 부딪치는 돌멩이들은 길 안내자였고, 동행은 오직 내 자신의 발자국 소리였다. 터벅터벅, 터, 벅, 터터벅, 벅벅벅, 발자국 소리는 나에게 말을 걸었다.

조금만 더, 한 번 더, 됐어! 좋아!
턱, 턱, 터덕!

처음에는 무서웠던 길이었지만 그 말에 귀 기울이자 내 자신조차 잊었다. 발자국 소리는 나를 데리고 친구에게 가고 있었다. 친구조차도 잊었는지 모른다. 사면은 고요하고 내 안에서 어떤 목소리도 들리지 않았다.

하늘도 없고 땅도 느껴지지 않고 내 자신조차 잊는 이 순간 모든 것이 잠시 멈춤 상태였다. 시간과 공간이 잠시 멈추자 나를 둘러싼 공간이 텅 비어 시간조차 가지 않았다. 모든 것이 멈춰버린 그 순간 시공간이 섞이면서 내 자신이 주변과 분별되지 않아, 나는 산 속의 어둠과 하나가 되었다. 그와 함께 마음이 편안해졌다. 바우만에 의하면 비어 있는 공간은 의미 없는 공간이 아니라 우리들이 알아채지 못하지만 우리들 주변 어디에나 있다고 한다. 차바퀴 사이, 다리 사이, 버려졌다고 생각하는 곳에 있다. 주로 누추한 공간에 이런 빈 곳이 있다. 평소 우리들이 거기에 대해 인식하지 못했던 곳이 바로 그런 장소이다. 그래서 그는 이런 곳을 비(非)-장소라고 한다. 비-장소는 존재하기는 하지만 인지하지 못하는 장소다. 그런 장소는 우리들에게 비어 있는, 없는 곳이며, 침묵하는 공간이다. 그 비-장소는 한편으로 눈여겨보지 않은, 우리들 주변에서 약간 비낀 공간이며, 한쪽으로 물러나 있는 터다.

인간만이 너무 많은 것을 채우고 있다고 존 그레이는 말하고 있다. 다른 동물들은 침묵할 필요가 없는데 인간만이 머릿속을 가득 채워서 침묵을 필요로 한다는 것이다. 우리는 침묵을 필요로 한다. 그 침묵은 비움이다. 우리 안에 가득 차 있는 것들을 비워내는 일이 침묵이다. 하지만 침묵은 충만함이다. 불안과 조급함을 비워내면 그 공간을 가득 채우는 게 침묵이다. 침묵은 어디에나 있다. 침묵은 비움이기 때문이다. 비움은 무엇보다도 나라고 하는 '자아'도 없고, '타자'도 없는 상태다. 나도 없고 너도 없고 대상도 없는 상태가 곧 비움이다.

이와 같은 비움은 공간적으로 바우만이 말하는 비-장소에 잘 나타나 있다. 한병철은 『시간의 향기』에서 이런 비움의 장소로 정자를 언급한다. 그는 이 정자를 아무나 머무를 수 있는 곳, 누구나 잠깐 쉬어 가도 되고 언제든지 머물다가 가고 싶으면 가버릴 수 있는, 거절하지도 막지도 않는, 바람처럼 드나들 수 있는 곳으로, 비움의 정신이 표상되어 있는 장소로 본다. 그곳은 텅 빔의 상징적 공간인 셈이다.

그러나 빔, 혹은 비움은 특정한 장소에 국한되는 건 아니다. 우리가 일상에서 눈여겨보지 못했던 곳, 습관처럼 지나치고 만 곳들에 빔, 비움이 있다. 아침 일찍 간 커피숍, 이른 아침의 창밖, 캄캄한 밤에 아무도 없는 집에 들어갔을 때 문득, 낯섦을 느낀다. 그 낯섦은 내 집이 아닌 것 같은, 그 커피숍에 다닌 적이 없던 것 같은, 창밖을 처음 본 듯한 느낌을 갖게 한다. 그때 우리는 순간적으로 그 장소와 나의 자아가 딱, 하고 맞아떨어지는 걸 느낀다. 그리고 조금 시간이 지나면서 자유를 느낀다. 마음이 편안해진다. 아무도 없는 교회당에서 맘껏 큰소리로 기도하고픈 심정이랄까, 나를 있는 대로 드러내도 아무런 부끄러움이 없음을 느낀다. 그때 그 장소는 일상의 장소가 아닌, 그동안 눈여겨보지 못했던 텅 빈 곳이다. 거기에서 나의 목소리는 침묵의 소리가 되고, 나의 발자국 소리 또한 침묵으로 울린다.

그날 밤 친구를 찾아간 산길은 나에게는 쉼으로 가는 통로였다. 그리고 산중의 며칠은 느리게 흘러가는 시간 속 낮은 산을 오르락내리락하며 나를 충분히 내려놓는 시간이었다. 걸어서 찾아간 산사는 풍경 소리마저 깊고 고요하게 울렸다. 그 소리는 댕~도 아니고, 땡~도 아니고, 내 가슴 저 깊은 데서 울리는 숨소리였다.

숨이 우주를 걸어가는 소리가 들리지 않는가.

10
산책의 향기

독일의 문예철학자 한병철은 머무름에는 향기가 있다고 했다. 조급증에 시달리는 오늘날 사람들에게 머무름은 기다림의 시간이다. 휙휙 지나가는 속도에 매몰된 시대에는 순간순간이 아무 의미없이 지나간다. 따라서 그는 『시간의 향기』에서 오늘날에는 시간이 자꾸 줄어들고 없어지고 해서 지속되거나 영속적인 것들은 거의 없다고 하이데거를 인용해서 언급하고 있다.

> 하이데거의 "존재"는 시간적 측면을 가지고 있다. "머무르다, 지속되다, 영속적이다……는 '존재'라는 단어의 옛 의미다." 오직 존재만이 머무를 수 있게 해준다. 존재는 머무르고, 지속된다. 따라서 조급성과 가속화의 시대는 존재에 대한 망각의 시대이기도 하다.

머무르고 지속되는 것은 정적이며 귀 기울임이고 기다림이다. 머무름이나 느림은 산책자의 특징이다. 산책자는 느리게 걷는다. 그는 주변의 풍경에 눈을 주고 새 울음소리나 나뭇가지에 걸린 바람소리에 귀 기울일 줄 안다. 또한 그는 존재의 향기를 맛보며 자신과 다른 존재들과를 분별하지 않는다. 일과 일, 사건과 사건, 이미지와 이미지 사이에 머물러 잠시 존재들에 눈을 주고 귀 기울일 줄 아는 이가 산책자다. 산책자는 번잡한 일상이나 머릿속을 채우는 것들에서 잠시 떠나 자신을 다른 존재에 맡긴다. 하이데거는 존재만이 머무른다고 했다. 타자의 존재 속에 머무름이 산책이다. 산책은 자신을 타자에게 맡겨놓는 일이다. 나라고 하는 걸 잊고 다른 존재들 속에 섞이는 것이며, 그 속에 머무름이다.

우리는 머물러 있지 못한다. 이것이 갖고 싶다가도 막상 가지면 저것이 더 욕심나고, 이때는 이랬다가 저때는 저렇게 바뀐다. 이는 인간 본성의 문제인데, 요기 오쇼에 의하면 이는 인간의 마음이 대단히 좁기 때문이다. 그에 의하면 인간의 마음은 매우 좁아 한 가지를 오랫동안 지긋이 담고 있지 못하고 금세 다른 것으로 옮긴다고 한다. 오래 머무르기 위해서는 근원에의 회귀 의식을 가져야 한다. 극단으로 흔들리는 마음을 하나로 모아지도록 해야 한다. 내면의 세계에 눈을 뜸으로써 그것은 가능하다.

우리는 산책자다. 자신의 생을 산책하든지 어느 공간이나 시간을 산책하든지 우리는 모두 산책자다. 산책자는 느리게 걸으며 자연 속에 푹 파묻힌다. 그는 우주나 자연의 일원이므로 그 속을 산책한다. 그는 이른 아침, 혹은 어스름이 내리는 무렵 발길 닿는 대로 걷는다. 딱히 어떤 목적지도 없고, 언제까지 돌아오겠다는 시간 의식도 없다. 떠돎은 나라는 의식이 없이 자연 속에 묻힘이다. 그의 발길은 길이어도 좋고 길이 아니어도 상관없다. 그는 오직 자신을 내려놓기 위해 걷는다. 벤야민이 「일방통행로」에서 언급한 것처럼 세상의 빈터가 자신에게 쏟아져 들어오도록 걷는다.

> 길을 걸어가는 사람만이 그 길의 영향력을 경험한다. 비행기를 탄 사람에게는 단지 펼쳐진 평원으로만 보이는 지형의 경우 걸어서 가는 사람에게 길은 돌아서는 길목마다 먼 곳, 아름다운 전망을 볼 수 있는 곳, 숲속의 빈터, 전경(全景)들을 불러낸다.

산책자는 느린 걸음걸이로, 주변의 모든 자연의 풍경이나 소리들을 자신 안으로 불러들인다. 이때 그의 안은 바깥과 전혀 구별되지 않는다. 감각은 리듬을 탄다. 모든 감각을 열었지만 그 감각은 받아들이는 데에 있지, 주관적으로 듣거나 보고 싶은 것만을 보려고 하지 않는다. 자아는 텅 비어 있기 때문이다. 텅 빈 자아가 아니면 산책자가 아니다. 시간과 공간을 잊어버린 상태의 존재가 자연의 내면으로 걸어 들어가는 게 산책이다. 그는 밖에서 보기에는 고독해 보이지만 그의 내면은 그지없이 풍요롭다.

안드레이 타르코프스키 영화는 산책의 풍경이다. 그의 영화는 주인공의 플래시백을 통해 기억을 따라 산책하는 내면의 풍경이다. 그만큼 영화는 느리게 흘러가며, 흔들리는 촛불의 시공간에 초점을 맞춘다. 벨라 타르의 〈토리노의 말〉은 이런 느림의 시간과 공간을 그대로 보여준다. 마부와 그의 딸, 그리고 말의 이야기인 이 영화는 거세게 불어닥치는 바람에도 아랑곳 않고 자신의 삶을 그대로 살아가는 부녀의 삶을 보여준다. 결국 부녀는 그 삶을 청산하려고 하지만 영화의 중심 영상은 느리게 흘러가는 카메라의 앵글과 그 속에서 연기하는 인물들의 모습이다. 이는 반복되는 삶에는 의미가 있을까 없을까에 대해 고민했던 니체의 "나는 바보였어요."라는 말을 생각하게 해준다.

산책은 기다림이다. 나라고 하는 의식을 내려놓고 다른 존재에 귀를 기울임이다. 「송골매」를 쓴 베이커는 끊임없이 송골매를 찾아다녔는데, 한 장소는 날마다 다른 장소가 된다고 했다. 그는 시간이 우리의 심장박동과 같이 흐른다고 보았다.

> 시간은 심장박동처럼 흐른다. 내가 적극적으로 움직여 매와 가까워지고 매를 쫓고 있을 때는 박동이 빨라지고 시간도 빠르게 흐른다. 내가 가만히 기다리고 있을 때는 박동도 잦아지고 시간도 느리게 흐른다.

우리의 행동은 우리의 의식과 함께 한다. 시간도 마찬가지로 그 의식의 속도를 따라 흐른다. 왜냐하면 의식은 심장박동을 따라 흐르기 때문이다. 느리게 걸으며 자연을 내 안으로 받아들이는 산책은 침묵의 표현이다. 이때는 사색조차도 사치다. 산책자는 고독한 것처럼 보인다. 하지만 산책자는 고독하지 않다. 자아라는 것을 내려놨는데 고독이 있겠는가. 그는 자연의 존재들과 함께 한다. 소음이 우리의 감각을 괴롭히고 속도가 우리의 의식을 지배하고 있는 현실에서 산책자는 무아(無我), '아무도 아닌 자'가 되고자 한다. 그는 속도와 욕망으로 얼룩진 삶을 잠시 쉬고 싶어 숲을 찾았고, 현실의 길을 벗어나 숲으로 찾아든다. 숲의 느린 풍경 속으로 발걸음을 옮겼다. 심장은 느리게 뛰면서 그를 숲의 시간에 맞춘다. 새들은 자신들의 언어로 말을 걸어오고, 바람은 그의 어깨에 손을 짚는다. 그때 인간으로서의 삶은 어떤 의미도 없다는 걸 알게 된다. 감각은 자연을 따라 활짝 열린다.

월든이라는 호수에서 야생의 삶을 즐긴 소로는 자연인으로서 살아가면서 감각을 그 자연에 맞췄다. 그의 일기 한 부분을 발췌해보자.

> 호수를 가로질러 400미터 가량 찍힌 발자국은 분명 여우의 것이다. 발자국은 선명하고 우아한 곡선으로 이어졌다. (…) 오늘 아침 여기 눈 위에는 신성한 정신의 발자국이 남아 있다. 호수는 그의 일기장이다. 지난 밤 사이에 내린 눈이 그 일기장을 '깨끗한 석판'으로 만들어 놓았다. 오늘 아침 나는 한 정신이 지나간 길과 그 정신이 맞닥뜨린 지평선을 눈 위에 찍힌 발자국을 통해

본다.

이는 진정한 시인의 정신이다. 그의 시적 감성은 현대 사회의 속도에 물들지 않고 자연 속에서 느리게 살아가는 사람의 발자취다. 이때 자연스럽게 표출되는 언어는 그대로 시가 된다. 호수를 일기장으로 본다든지, 일기장을 '깨끗한 석판'으로 본다든지 하는 것은 산책자 자신을 자연의 일부로 보는 데에서 오는 시인의 감성이다.

창밖 풍경이 내 안으로 들어온다. 언뜻 떠오르는 언어가 나에게 온다. 참된 시란 자연을 받아들여 그대로 적어내는 리듬 있는 말이다. 그러므로 그 시는 어렵지 않고 가슴에 닿는 대로 느껴진다.

빗방울이 이파리를 두드린다.
빙글, 빙글 춤을 추는
손가락들
그 위로
방울방울 노랗게 포개는

『신심명』에 '지극한 도는 조금도 어려움이 없다.'고 했다. 내가 보면 그대로 거기에 도가 있으며, 다가오는 것들을 받아들이기만 해도 그대로 시가 된다. 느낀 대로 바라보는 존재를 그대로 받아들이면 바로 그 존재의 언어가 나에게 말을 걸어온다. 나는 그 말을 베껴 쓴다. 그 말은 산책자의 향기다.

11
L에게 보내는 편지

L, 답장이 늦어 미안하네. 산에서 내려온 지 얼마 되지 않아 자네 편지를 이제 보게 됐다네. 산에 올라갈 때마다 늘 느낀다네. 난 산속 동물이 아니었을까, 하는 생각 말일세. 산에 있으면 나보다 먼저 몸이나 마음이 식물이나 동물이 된다네.

고마우이!

정말로 고마워서 말로는 다할 수가 없다네. 인간의 말이란 마음을 다 나타낼 수 없으니 이 고마움을 어떻게 표현해야 할지 모르겠네.

아참! 자네의 안부를 물어야 하는데. 이렇게 나란 작자는 늘 늦다네. 산을 벗 삼아 지내는 자네는 물론 건강하겠지. 편지에 썼던데, 봄꽃이 몸에서 막 핀다고. 그 구절을 읽으면서 자네의 어깨나 허리에서 가지가 돋고 머리에서 풀잎이 무성한 모습이 훤하네.

부러우이!

도시에서 살면서 풀처럼 나무처럼 산다는 게 쉽진 않지만 자네의 말대로 하루에 한두 번씩 앞산을 뛰려고 애를 쓰고 있네. 자네의 말대로 하다 보니 나도 모르게 건강이 많이 좋아졌네.

자네가 지난번 편지에 쓴 대로 실천하고 있다네. "친구, 운동을 하게. 건강을 되찾으려면 운동을 해야 하네. 숲속을 뛰게. 숲과 하나가 될 때까지 뛰게." 자네의 말대로 하루 이틀, 그리고 그 이틀이 사흘이 되고 열흘이 훌쩍 넘었네. 실천을 했네. 처음에는 너무 힘들었네. 자네의 말대로 숨이 턱에 차 금방 끊어질 것 같을 때까지 뛰고 뛰었지.

순간, 나한테 깨달음이 왔네.

이것은 내가 열닷새가 넘어가면서 깨달은 거네. 무엇보다 헉헉거리면서 숨에 집중할 수 있었네. 오직 숨이었네. 다른 것은 보이지 않았네. 오직 숨이었네. 금세라도 숨이 끊어질 것 같아 입을 벌리고 숨을 들이쉬고 내쉴 수밖에 없었네. 오직 숨이었지. 그 순간 모든 현실적인 고민이나 생각들이 도망갔네. 숨을 쉬어야 살 것 같았으니까. 오직 숨이었네. 숨만이 우주고 천지였네. 순간 자네가 말한 삼매에 든 듯했네. 웃지 말게. 이 순간을 겪어보지 않은 사람은 모르네.

L, 만사가 텅 비더이!

빔이란 너도 없고 나도 없으며, 보이는 것도 없고 보이지 않는 것도 없는 거라 했지 않는가. 중도인 거지. 기독교에서 말한 '은총'의 초입이라고나 할까.

L, 나는 자네의 제자가 되고 싶네. 자네의 말을 금(金)처럼 생각하면서 그대로 실천하려 애를 쓰고 있느니 제자가 아니고 무엇이겠는가. 자네는 말했지. 운동장이 아닌 숲속을 달리라고. 운동장은 숨을 극한으로 쉴 수 없다고. 비탈진 산길은 공기도 맑지만 숨의 극한까지 이르게 한다고.

친구, 요즘은 산을 내려올 때 상하좌우를 다 볼 수 있도록 눈을 180도로 활성화시키고 있네. 눈은 우리 마음의 창문이므로 눈으로 만상을 다 받아들이고 싶었네. 아니, 만물과 내 눈이 하나가 된 거지. 내 눈 속에서 나무들이나 풀이 자란다네. 병이 들면 눈의 시야는 좁아지고, 그만큼 마음은 외곬이 돼간다고 했던가.

L, 내가 시야를 넓히는 게 아니라 자연이 나를 받아들인다네. 요즘은 앞산이 온통 가슴이라네. 순간이지만 극한의 숨으로 텅 빔을 조금씩 실천하다 보니 하루가 행복하다네. 어느 땐가는 산이 나를 부르는 걸 느꼈네.

나의 친구, 나의 스승!

덕분에 건강을 많이 찾았다네. 보고 싶네. 내가 자네의 가르침을 얼마나 잘 따르고 있는지를 보여주고 싶네. 그리고 나의 산에게도 인사를 시켜주고 싶네.

그럼 만날 날을 손꼽아 기다리며 오늘은 여기서 접어야겠네.

— 항상 자네를 그리워하는 M으로부터

12

나는 누구의 노트인가

어느 날 밤 자다가 불현듯 깨어났다. 꿈을 꾼 듯 뒷맛이 개운하지 않았다. 몸을 일으켜 주변을 둘러보았더니 사물들은 다들 어둠 속에서 묵묵히 놓여 있던 대로였다. 그런데 왠지 누군가 나를 지켜보고 있는 듯한 느낌을 지울 수 없었다. 틈이 벌어진 커튼 사이로 들여다보는 낯선 눈길이거나 피아노 위의 도자기 고양이의 눈일 수도 있었다. 도자기 고양이를 물끄러미 바라보니 그 고양이도 나를 바라보았다. 웃는 듯 못마땅한 듯 뚫어지게 바라보고 있는 도자기 고양이. 섬뜩했다. 책상 위에 펼쳐진 노트북을 바라보니 그 노트북도 나를 바라보고 있었다. 방안의 사물들이 모두 나를 지켜보고 있었다. 마치 〈토이스토리〉의 인물들이 깨어난 듯했다. 나는 이게 뭐지, 라는 생각을 지울 수 없었다.

우리가 어떤 대상을 본다는 것은 그 대상이 우리를 보고 있기 때문이다. 따라서 대상이라는 말은 요즘에는 잘 쓰지 않는다. 그 대상 또한 보는 자이기 때문이다. 우리는 존재와 존재로 서로 봄으로써 시선이 마주친다. 그걸 라캉은 '응시(凝視, gaze)'라고 했다. 응시는 '보여짐'이다. 우리가 꽃을 볼 때, 옷이나 종이를 들여다볼 때 그 꽃이나 옷, 종이도 우리를 본다. 따라서 모든 봄은 일방적인 게 아니라 서로 마주봄이다. 우리가 그를 볼 때 그도 우리를 본다. 그도 한 존재이기 때문이다. 이 세상의 주인은 인간만이 아니다. 세계는 인간중심적으로 이루어져 있지 않다. 모든 존재는 평등하다. 그게 사물이든 자연이든 상관없이 서로는 서로에 대하여 타자, 혹은 타인이다.

칸트의 선험적 직관이든, 낭만주의자의 직관이든 다른 존재, 즉 타자를 내 안으로 받아들이기만 하면 그 언어가 바로 우리의 마음이며, 타자의 마음이다. 타자와 내가 만나는 지점에서 우리는 대화의 관계 속에 들거나 혹은 감성의 마주침을 느낄 수 있다.

그런데 보통 우리가 본다고 했을 때는 우리의 눈으로 보기보다 우리의 의식 작용인 경우가 많다. 왜냐하면 우리는 눈으로 보기 전에 벌써 우리의 의식으로 먼저 보기 때문이다. 이는 본다는 의식의 자동화라고 할 수 있다. 그건 컵이야, 이건 자동차야, 그건 안경이야, 라고 우리의 의식이 먼저 결정해놓고 눈으로 확인하기 위해 본다. 그런데 우리는 착각하여 우리만이 본다고 생각한다. 이는 자기라고 하는 주관성이 타자를 멋대로 대상화하기 때문이다.

이는 '나'라고 하는 에고가 자아를 지배하는 데에서 비롯한다. 그것은 내가 세계의 주인이며, 그 주인이 세계를 지배하고 있다는 유아론적 의식에서 비롯한다. 하지만 '나'라고 하는 것은 한 개체로서의 나, 세계를 이루고 있는 한 존재일 뿐이다. 세계 안의 한 존재로 현상되는 게 '나'다. 그러므로 나는 세계 안 타자와의 관계 속에서 살아간다. 나는 집 안의 고양이나 인형이나 플라타너스와 같은 존재 그 이상이 아니다. '나'라고 하는 지배적인 의식의 실체는 본래 없다. '나'는 우리의 의식이 만들어내는 허상일 뿐이다. 그 허상은 욕망으로 가득 차 있다. 본질적으로 '나'라고 할 것은 없다. 있다면 그것은 욕망의 노예이다.

울타리에 핀 장미를 보면서 우리는 아름답다고 생각하면 된다. 하지만 우리는 장미를 은유나 환유로 바꾸어 표현하여 그 꽃을 인위적으로 더욱 화려하게 보고자 한다. 뿐만 아니라 그 꽃을 한 번도 그렇게 말해본 적이 없는 꽃으로 표현하려고 한다. 그것은 우리의 욕망이 그 꽃을 가공한 데에 불과하다. 그게 오늘날 현대시의 언어 습관이다. 이는 가공이며, 실재와는 아무 관련이 없는, 의식의 표현이다. 다음 시를 보자.

비가 내려
하늘에서 땅까지 팽팽하게 조율된 빗줄기를 우두커니 바라보

는데

이 공명은 무엇인가.
바람이 손끝을 튕길 때마다 울리는
텅 빈 내 안쪽

문득 당신이 떠났다는 걸 알았다.
아주 바쁘게 떠났다는 걸 알았다.
산다는 것이 내 안에 관 내릴 자리를 파는 일 같아
문득, 깊어지는 것이 비어가는 일임을 알았다.

내 안에 쌓이는 나이테들이
한 줄씩 패어 나가면 나갈수록
내 안에 고이는 빗소리가 점점 더 커진다는 것을
끝내 이 모든 상처를 파낸 옹이 속으로
음악이 새처럼 깃을 펴며 날아든다는 것을

비가 내려
온 세상이 물의 현으로 가득차고
종일 비의 음악이
하수구와 땅속까지 흘러든다.

비가 내려
문득 당신이 돌아왔다는 걸 알았다.
억만 개의 현을 디디며 내게로 돌아와

텅 빈 어둠을 껴안고 있다는 걸

비가 내려
영원히 파낼 수 없는 빈자리를 껴안고
온 세상 빗줄기 다 껴안고
어둠의 고막에서 떨며
기타가 되었다는 걸 나는 알았다.

위 시는 감성이 실제보다 풍선처럼 너무 부풀려 있고, 비를 현으로 바꿔 표현하는 수식이 심하다. 이런 수식은 사물을 있는 대로 보여주지 않는다. 따라서 이 시는 휘휘 에둘러 돌아가봐야 그 뜻을 알 수 있다. 그만큼 시는 존재와 멀어진다. 이런 시는 번뇌 망상을 일으킨다. 에고가 너무 강하기 때문이다. 에고, 곧 아상(我相)이 너무 강하면 욕망에 치우치게 되고, 그 욕망 때문에 열이 머리나 가슴으로 올라와 몸의 균형이 무너진다.

조주 화상은 여러 대중 앞에서 말했다. 한 마디라도 하면 틀린다. 바로 존재에 들어가야 한다. 이는 존재를 받아들이는 일이다. 나를 텅 비우면 타자들이 내 안을 들락날락거린다. 나는 문을 열어놓은 방처럼 모든 이에게 개방되어 있다. 그것을 언어로 표현하면 시가 되고, 마음으로 드러내면 선(禪)이 된다. 「반야심경」에 색(色)이 공(空)이고 공이 색이라고 했다. 모든 것은 공하다. 눈을 내리뜨고 숨으로 에고를 누른다. 천천히, 느리게.

아제아제 바라아제 바라승아제 모지사바하

늦은 밤, 잠들지 못하고 있는데 언뜻, 귀를 파고드는 소리가 들린다. 그때 세상에서 가장 단순한 언어로 그 존재의 목소리를 받아 쓴다.

창을 들여다보는
달빛
이제 막 피려는
달맞이꽃

이 시는 우리의 지식 너머에서 일어나는 묘유(妙有)다. 숨으로 꽃을 피운다. 한 송이 꽃에서 우주가 펼쳐진다. 그리고 순간 다른 존재, 타자가 나에게 말을 거는 대로 받아쓰기를 하면 그 존재는 곧 내 폐부로 바로 다가온다. 마음은 그저 그가 적어내는 노트일 뿐이다. 난 순수 존재의 일기장이다.

13
틈

L이 죽었다. 나는 그와의 인연 탓도 있었지만 그가 살아온 열정이 안타까워서 조문을 갔다. 이층에 차려진 그의 영결식장에는 조문객이 무척 많았다. 사람들은 그에게 마지막 인사를 하느라 술상에 둘러 앉아 있었다.

상무님, 원 없이 일하다 가셨네.
일 중독이셨지.
일요일도 없었어.
그런데, 그런데…….

사람들은 왜 말을 잇지 못할까. 나는 그의 성실성에 대해서 익히 들은 바 있었다. 그는 가정을 거의 돌보지 않고 직장에 자신의 인생을 바쳤다. 그런 성실성 때문에 그의 가정은 남부럽지 않게 잘 살았다. 나는 늦은 밤에 그의 술친구로 불려나가는 일이 종종 있어서 그의 하소연을 들어주는 게 고작이었지만, 어쩌면 나만큼 그의 속을 잘 이해하는 이도 많지 않았을지도 모른다. 그는 늦은 밤, 술이 거나해서 나에게 전화하곤 했다.

욱아, 외롭다! 니네 집 앞이다. 나와라.

그가 날 가끔 찾는 데는 그의 집으로 가는 길목에 내가 살았기 때문이다. 술이 거나해지면 그는 나를 의식하지도 않은 채 혼잣말처럼 뱉었다.

나는 니가 짜증난다. 어떻게 그렇게 베짱이처럼 살 수 있냐.

…….

나는 말이야, 가족을 위해서, 회사를 위해서, 국가를 위해서 열심히 일하는데 말이야. 넌 하는 일이 아무것도 없잖아. 빈둥빈둥, 넌 빈둥이야.

…….

그는 더 취하면 금세라도 울 듯한 표정을 지었다.

근데, 근데 말이야, 죽고 싶을 때가 한두 번이 아니다. 너, 모르지. 넌 모를 거야. 손에 쥐여줘도 모를 거야. 난 어디에 꽉 끼어 있는 것 같아. 옴짝달싹할 수가 없단 말이야. 너, 혹시 여닫는 문틈에 낀 바퀴벌레 알지. 언제 죽을지 모르면서 살아가지. 내가 딱, 그 신세다.

맞다. 나는 그가 왜 그렇게 죽고 싶어 하는지를 알지 못한다. 그는 주변에서 부러움을 사는 성공한 사람이다. 성실하지, 돈 잘 벌지, 반듯하지……. 그는 회사에서도 능력을 인정받고 자신의 주변에서도 능력 있는 가장으로 남부럽지 않게 살아왔다. 그런데 왠지, 나는 그를 볼 때면 안타까움을 금할 수가 없었다. 내 눈에는 그가 뭔가 안돼 보였다. 왜일까, 왜일까, 혼자서 생각해보았지만 딱히 그 원인을 찾아내지는 못했다. 그런데 어느 날엔가 그가 하소연하는 소리를 들었다.

나도 이제 쉬고 싶다. 틈이 없어. 나를 돌아볼 여유가 없어. 나는 날카로운 기계 사이에 끼어 있는 것 같아. 너 〈모던 타임스〉 영화 봤냐. 내가 딱 그 신세다.

무슨 말이야. 모두들 너를 얼마나 부러워하는데…….

그건 나를 몰라서 하는 소리야. 죽고 싶어. 나는 늘 쪼여. 구속복에 갇혀 있는 정신병동 환자 같은 기분이야.

틈은 사이고, 사이는 빔이며, 그리고 쉼이다. 틈은 끼어 있는 게 아니다. 틈이나 빔은 둘 사이의 간극으로 이해하면 충돌이나 갈등이 된다. 틈은 낌이 아니라 여유다. 낌은 옹색함이고 끼어들기이며 갈등이며 갈라짐이다. 어쩌면 틈은 둘을 모두 갖고 있는지도 모른다. 갈등이나 옹색함이면서 동시에 여유나 쉼이 곧 틈이다. "주께서 땅을 진동시키사 갈라지게 하셨사오니 그 틈을 기우소서. 땅이 흔들림이니이다.(시편 60장 2절)"라고 하는 데에서 틈은 벌어짐, 멀어짐, 흔들림이 된다. 하지만 폴 오스터는 그의 『뉴욕 3부작』에서 "이 세상에서 내가 진실로 있어야 할 곳은 나 자신이 아닌 다른 어느 곳이었으며, 설령 그곳이 내 안에 있다 하더라도 거기가 어디인지는 알 수 없었다. 그곳은 자아와 비자아 사이에 있는 작은 틈이었고, 난생 처음으로 나는 그 어디인지 모르는 곳이 바로 이 세상의 정확한 중심임을 알게 되었다."라고 했다. 이는 여유다. 폴 오스터는 틈을 메꿔야 할 곳이 아니라 세상의 중심으로 본다. 나와 타자 사이에 세상의 중심이 있다. 그것이 틈이며, 사이다. 틈을 적절하게 활용하면 생의 윤활유가 만들어지지만, 그렇지 못할 경우 사이는 갈등을 불러일으킨다. 데리다에 의하면, "'사이(entre)'인 공범주소는 거의 빈 의미를 그 내용으로 가지고 있으며, 간극이나 분절, 간격 등을 뜻한다." 사이가 데리다에게는 텅 비어 있어서 오히려 복합적인 의미를 갖는다고 본다. 한병철은 『시간의 향기』에서 사이를 풍성한 문화적 공간으로 본다. 그 사이는 기다림이며 여유다.

모든 것은 없거나 지금 여기 있거나 둘 중 하나다. 더 이상 사이의 상태는 존재하지 않는다. 하지만 존재란 지금 여기 있다는 것 이상의 의미를 지닌다. 인생은 모든 사이가 제거되고 나면 그만큼 더 빈곤해진다. 인간의 문화에도 사이가 풍부하게 들어 있다. 축제는 종종 사이에 형태를 부여한다. 예컨대 강림절의 시간은 사이의 시간, 기다림의 시간이다.

왜 L이 자살을 했을까. 나는 그가 틈을 가질 수 없었기 때문이라는 생각이 든다. 그는 일과 일 사이에 낀 채 갇혀 있었다. 그는 자신이 자아의 대상이 되어버림을 느꼈다. 자신이 주체이면서 동시에 객체라고 느끼지 못하고 자신을 일의 도구라고 느낀 것이다. 그는 자신으로부터 멀리 있었다. 그는 자신의 삶을 살지 못했다. 그는 자신을 돌아볼 수 있는 여유, 틈을 만들고 사이를 가졌어야 했다. 하지만 그는 이미 일에 중독된 자신을 제어하지 못하고 바퀴벌레처럼 끼어 죽었다.

틈은 어디에 있을까. 나 아닌 곳에, 내 시간이 아닌 시간에 있다. 그것은 타자의 시간과 내 시간 사이에 있다. 틈은 숨 돌릴 시공간이며, 그것은 쉼이다.

언젠가 일상에서 벗어나기 위해 차를 몰고 익숙한 시공간을 떠나 산길을 달리다가 한적한 쉼터에서 차를 멈추었다. 거기에는 금방이라도 쓰러질 듯이 서 있는 초가 한 채가 있었다. 그 집은 오랫동안 자신의 임무를 다해 누추해 보였다. 그런데 그 집이 나에게 말을 걸었다.

나는 멋진 생을 살아왔소. 나는 주인에게 필요한 것을 다 주었고, 내 할 일을 다 하고 쉬고 있는 중이오. 나는 멋진 인생을 살아가고 있는 중이오.

나는 순간 리처드 브라우티건의 책을 읽는 듯한 착각에 빠졌다. 쓰러져가는 그 집을 다시 한 번 바라보았다. 집은 위대한 일을 하고 나서 지금 쉬고 있는 중이었다. 언덕을 올라 집 안으로 들어갔더니 기둥은 기우뚱하고, 지붕은 슬레이트가 벗겨진 곳이 있었다. 그리고 마당에는 풀이 우거져 있었다. 집은 제 몸을 다 내주고 자연으로 돌아가는 중이었다. 돌아 나오려는데 목소리가 들렸다.

왜 그냥 가시오.

나는 섬찟, 뒤를 돌아보았으나 목소리의 주인은 보이지 않았다. 그때 또 목소리가 들렸다.

풀은 내 가족이고 바람은 손님이오. 언제든지 들어와 쉬어 가시오.

나는 누구를 위해 저 집만큼의 틈이라도 내준 적이 있던가. 내 시간 밖에서, 내 공간 밖에서 쉬어본 적이 있던가. 그 주인의 얼굴은 보지 못했지만 어느 누구도 경계하지 않는 여유를 가진 분이 틀림없으리라 생각된다. 문 없는 문을 나서는데 어디선가 향기가 코를 간질인다.

틈의 향기이며 사이의 품이다. 거기에 쉼이 있다.

나는 자동차를 몰고 집으로 돌아오는 내내 그 집의 쉼을 머릿속에서 지우지 못했다. 존재하는 누구나 쉼이 필요하다.

제2부

쉼

1
김정희의 묵란도

여유 부리지 마.

속도가 지배하는 사회에서 여유는 죄악이다. 여유는 사이를 없애고, 틈을 메운다. 찰리 채플린의 영화 〈모던 타임스〉에서 노동자는 쉴 틈이 없다. 그는 기계의 부속품처럼 움직인다. 쉬거나 여유를 부리면 죽는다. 이는 지금도 마찬가지다. 오히려 훨씬 더 심해졌다. 벤자민 프랭클린은 '시간은 돈이다'라고 했다. 이런 사회에서 인간은 기계화되고, 죽음은 항상 우리를 따라다닌다. 우리는 시대의 흐름에 따라 휩쓸려 다니다가 언제 소모될지 알 수 없는 처지가 되었다. 이제 나는 소모품이 아니다, 라고 외칠 수 있어야 한다. 우리의 눈이 쉬어가도록 쉼의 그림 이야기를 해보자. 눈이 쉬는 건 마음의 쉼이기 때문이다.

산수화(山水畵)는 관조에서 비롯한다. 화가는 자연의 현상에 자신을 맡긴다. 산수화에서 주체는 객체와 변별되지 않아, 자연에 순응하는 도(道)를 지향한다. 동아시아의 그림은 유불선의 사상, 그것도 도가나 불가의 정신으로 표현하는 정신주의를 따르기 때문에 그 관조적 자세는 노자의 "감히 자연보다 먼저 하지 않겠다(不敢爲天下先)"나 선입견을 갖지 않겠다는 불가의 공(空) 사상에서 비롯한다. 자연에의 순응은 동양의 산수화나 정물화인 난초화에 여백의 미를 극대화한다. 도가에서 무위(無爲)가 독선적인 자기주장을 펼치지 않는 데서 비롯한 것처럼 산수화나 난초화는 무위의 정신성의 표현이다. 노자는 듣고 보지 않아도 생각은 멀리 높이 미치지 않는 곳이 없다고 했다. 이는 자연의 관조 정신이다. 그러므로 그림에서 심안(心眼)을 중시한다. 심안은 나를 드러내지 않고 떨어져서 자연에 순응하는 데에서 온다. 그 순응의 대상을 형상으로 보지 않고 대상과 주체가 서로 소통하는 지점을 찾는 매개자가 화가다. 따라서 그림은 그려진 형상만을 보지 않는다. 화가는 상황에 따를 뿐 자신을 드러내지 않는다. 이런 그림 속에서는 자연과 감상자와 화가가 함께 만난다. 그만큼 여백이 많다. 여백은 「주역」의 음양을 나타내기도 하지만 상상의 영역이기도 하다. 그려지지 않는 곳도 형상이 있는 그림 부분의 연장선에 있다. 박현희의 『한국 회화 이해하기』에서 그 여백에 대한 언급을 끌어와 보자.

남긴 공간은 그림을 그리는 이의 의도가 담긴 적극적인 의미이며 보는 이에게 휴식과 여유를 안겨준다. 남긴 공간은 전달하고자 하는 이미지를 보는 이가 쉽게 받아들이게 하면서 생기 있는 구도를 형성하는 데 중요한 역할을 한다. 즉 시각적으로 균형과 조화를 이루면서 남긴 공간이 적절히 형성된 화면은 안정적이고 편안한 느낌을 준다. 남긴 공간을 둠으로써 나타나는 집중적 효과를 통해 상징성을 전달할 수 있고 연속적이고 확장된 공간의 느낌을 줄 수 있다.

빔은 여유이며 쉼이다. 우리의 마음을 쉬게 하는 게 동양화의 정신성이다. 그림 안에서 선택과 집중이 있듯이 긴장과 이완이 있다. 시각적 호흡이 그림 속에 있다고 할 수 있다. 김홍도의 수묵담채 〈주상관매도〉를 보면 그림의 아래쪽에 선비가 있고, 그 선비는 저 위 바위산의 매화를 바라본다. 둘 사이에는 여백이 있다. 그 여백은 그림 속 인물의 주체와 객체의 거리이면서 화가와 감상자의 여유이다. 이런 구도는 시선을 통한 긴장에 여유를 부여한다.

더욱이 난초화의 경우 이 여백은 보다 선명하다. 김정희의 〈묵란도〉를 보면, 글귀와 함께 난(蘭)은 오른쪽에 치우쳐 있다. 왼쪽은 빈 공간이다. 여기에서 선이 없는 왼쪽 위아래 빈 공간은 여유다. 우리의 시선이 난(蘭) 이파리 끝을 따라 빈 공간으로 흘러간다. 난초화는 이 여백의 미를 최대한으로 시각화한다. 그를 통해서 우리는 그 그림 속 여유를 즐긴다. 사군자 그림들은 모두 그러한 여유의 표현이다. 이는 도가의 그림이나 불화(佛畵)에도 그대로 나타난다. 불가의 〈심우도〉는 그와 같은 여유를 잘 표현하고 있다. 그림의 빈 공간을 따라 우리의 정신이 따라가는 구도(求道)의 시각화가 〈심우도〉다. 이는 어떤 선입견도 가지지 않는 공(空) 사상의 시각화다. 화가는 감상자가 그림 속으로 들어와 그림을 완성하길 기다린다. 그리고 그 그림 속에서 화가와 감상자와 자연이 함께 만난다. 이만한 마음의 쉼을 어떤 예술품에서 볼 수 있겠는가.

이는 동양의 음악이나 시에서도 잘 나타난다. 동양에서 예술은 어울림이며, 숨이고 쉼이다. 이는 서양 예술이 채움의 미학이라면 동양의 예술은 비움에서 비롯하기 때문이다.

2
동고비 한 마리가 날아가며 떨어뜨린 씨앗이다

3
숨이 얕으면 화(火)가 쌓인다

Y는 늘 아프다. 그는 기침을 달고 산다. 편도선이 붓거나 코가 막히거나 기침으로 늘 약을 달고 산다. 이 약 저 약, 그의 가방 속에는 약봉지가 널려 있다. 그는 항상 조제약이나 한약을 가방 속에 넣고 다닌다. 그가 그렇게 약봉지를 끌고 다니는 것은 이해가 간다. 그는 항상 일에 쫓긴다. 간단한 약속 하나 잡으려 해도 꽉 짜인 그의 스케줄 때문에 얼굴 보기가 쉽지 않다. 그는 집과 회사를 쳇바퀴처럼 왔다 갔다 하느라 항상 시간이 없다. 그래서 친구들이나 동창들이 전화해도 잘 받지도 않는다. 가끔 어렵게 만나도 친구들은 그에 대한 서운함보다 염려가 앞선다. 어쩌다 만나면 그는 말은 반갑게 하지만 눈은 항상 불안하다. 마치 잡혀 온 짐승같이 눈이 눈을 피해 다닌다. 말을 하면서도 잔기침이 섞여들기 때문에 얼굴도 구겨진다.

너, 잘 지내지? 우리 본 지 벌써 몇 년 된 거 같다.

콜록콜록.

어디 아프니?

아냐. 그냥 감기 기운이야.

나는 그가 감기에서 헤어 나온 걸 본 적이 없다. 고등학교 때부터 그는 항상 감기와 함께 지냈다. 축농증인지 코가 막혀 있고, 목에 가래가 낀 듯 큼큼거린다. 숨이 거칠어 숨소리가 쐑쐑, 쇳소리를 낸다. 나는 그가 정상적으로 회사에 다닌다는 것이 신기해 보인다. 하기야, 그는 워낙에 성실하니 누가 그를 내쫓겠는가. 그만큼 그는 열 일 제치고 회사 일에 몰두하는지도 모른다. 그래서 우리의 만남은 그에 대한 염려로 시작해서 염려로 끝난다.

병원에는 가봤니?

야, 이게 하루 이틀도 아니고……, 아무렇지도 않아. 그냥, 감기야. 그건 그렇고 넌 학교 잘 다니냐, 와이프는 잘 지내고, 애들은, 요즘 경기가 안 좋은데 돈은 많이 모았냐…….

그의 말은 끊이지 않는다. 그는 나에게 말할 틈을 주지 않는다. 잔기침이 섞인 그의 말은 답답하다. 숨은 거칠다. 그는 날숨에 의존한다. 늘 긴장된 몸을 이완시키기 위해서 날숨을 뱉어야 한다. 따라서 호흡은 짧은 날숨으로 이루어져 있다. 날숨은 그에게 몸의 긴장을 풀어주는 이완의 역할을 한다. 들숨은 아주 조금 들이고, 날숨은 많이 뱉는다. 그래서 그의 몸은 항상 산소가 부족하다. 몸에 산소가 차 있어야 몸이 활성화되는데 날숨으로만 그것을 보완하려 하니 몸은 균형을 잃을 수밖에 없다.

우리의 몸은 들숨과 날숨이 균형을 맞춰야 건강을 유지한다. 그런데 너무 바쁘게 살아가는 사람이나 뭔가 이루고자 하는 욕망이 강한 사람은 우선 마음이 급하다. 급한 마음은 욕망의 크기만큼의 속도를 요구한다. 그리고 그 속도만큼 들숨보다는 날숨 중심으로 호흡을 한다. 우선 뱉고 보는 것이다. 욕망의 크기만큼 긴장이 만들어지고, 그 긴장을 이완해주기 위해서 날숨은 많아질 수밖에 없다. 그때 몸은 산소가 부족하여 균형이 깨지고 만다. 그런 사람의 특징 또 하나는 말이 많다. 말이란 숨을 마시기보다 뱉어내므로 에너지를 소모한다. 그만큼 숨은 꼴딱꼴딱 쉰다. 그래서 폐는 거의 역할을 못 하고 목에서만 공기가 왔다 갔다 할 뿐이다. 그러므로 몸은 이완되지 못하고 굳어진다. 몸만 굳어지는 게 아니라 감정이나 마음 또한 굳어져서 화를 자주 내고, 증오감에 쉽게 노출된다. 몸을 유지하는 에너지는 호흡이다. 그 호흡이 원만하지 못하면 에너지는 고갈될 수밖에 없다. 요기 스와미 사라다난다에 의하면 우리 몸을 유지하는 것은 숨이다. 우리가 탈진하거나 스트레스에 쌓이는 것도 숨이 원활하게 소통하지 못해서 생긴다고 그는 주장한다. 숨이 몸을 유지하는 중추 에너지이기 때문이다. 숨이 에너지이므로 우리는 숨을 관리해야 한다. 숨은 폐와 관련이 있다. 폐는 몸을 유지하는 중심 에너지인 산소를 각 기관에 공급하는 기관이다. 폐활량이 커야 몸의 에너지도 풍부해진다. 숨은 몸만을 관리하지 않는다. 마음이나 감각까지도 숨의 양과 관련이 있다.

꼴딱 숨을 쉬는 사람은 조급하여 내면의 욕망이나 스치는 말초적인 감각에 휘둘린다. 몸 안에 산소가 부족해서 몸이 산성화되고, 정신은 다른 사람과 조화를 이루지 못하고 에고인 자기애에 차 있어서 피폐하다. 숨이 원활하게 유통하지 못하므로 정신 또한 굳어진다.

몸의 에너지를 활성화시키고 정신을 원활하게 하려면 무엇보다 폐활량을 늘려야 한다. 꼴딱 숨을 쉬면 폐는 제 기능을 하지 못해 잔병이 많아지고, 욕망이나 감각도 숨으로 씻어내야 하는데 그렇지 못해 안정감을 갖지 못하게 된다. 사라다난다는 말한다. 몸과 마음을 건강하게 하려면 평소에 수시로, 적어도 하루에 세 번 정도 들숨을 깊게 마시고 날숨 또한 느리게 내뱉는 단전호흡을 해야 한다. 하지만 생활 속에서 바쁘게 살아가는 사람은 아침에 한 번 하거나, 혹은 저녁까지 두 번 정도 하는 게 좋다고. 하루 중에 적어도 한 번 정도는 몸을 이완시켜 마음에 여유를 줘야 하기 때문이다. 그리고 한 번 할 때마다 적어도 30분 정도로 족히 하는 게 좋다.

먼저 몸을 이완한다. 그리고 등을 곧게 펴고 손바닥은 무릎에 자연스럽게 놓고, 코로 숨을 깊게 천천히 들이마신다. 10초에서 30

초 정도, 시간이 갈수록 그 시간을 늘려 나간다. 횡격막이 아래로 내려가 내장을 단전 쪽으로 내리누른다. 이때 순간 숨이 멎는다. 그리고 천천히 숨을 코로 내쉰다. 천천히, 아주 천천히, 소리 나지 않게. 공기를 들이마실 때에는 모든 우주의 에너지를 빨아들인다는 의식을 갖고, 내쉴 때는 몸속의 노폐물을 모두 내보낸다는 의식을 갖는다. 이와 같은 심호흡을 하루에 세 번, 아침 해 뜰 때, 해가 머리 위로 뜰 때, 그리고 해가 아침에 뜰 때처럼 질 때 우리의 몸과 수평을 이룰 때 하면 폐는 활성화되고 몸과 마음은 깨끗해진다. 평소에도 공기가 맑은 곳에서는 언제든지 폐를 넓히기 위해서 숨을 깊이 들이마시고 내쉬어야 한다. 그래야만 몸이 건강해지고, 또한 마음은 느긋해지고 포용력이 충만해진다. 이렇게 하면 에너지가 원활하게 유통되기 때문에 어떤 갈등이나 욕망, 속도도 몸과 마음을 해치지 못한다.

숨이 깨끗하지 못하면 몸뿐만 아니라 정신도 부패한다. 숨은 천천히 부드럽게 쉬어야 한다. 공기 중에서 가장 부드러운 공기가 숨이다. 마르셀 프루스트는『잃어버린 시간을 찾아서』에서 부드러운 숨결을 '천사들의 깨끗한 노래'라고 했다.

> 그 고운 숨결, 순 생리적 기능을 표현하는 숨결, 말의 부피도 침묵의 부피도 없는 유동체와도 같은 숨결, 온갖 악을 망각하고서 인간보다 속 빈 갈대가 내는 소리라고도 할 만한 이 숨결을

짜장 천상의 것, 이런 순간에 알베르티느가 육체적으로뿐만 아니라 정신적으로도 삼라만상에서 벗어난 듯한 느낌이 든 나로서는, 그것이 천사들의 깨끗한 노래로 들렸다. 그렇지만 이 숨결 속에, 어쩌면 기억이 가져다 준 수많은 사람 이름이 연주되어 있을 게 틀림없다는 생각이 퍼뜩 들었다.

가장 순수한 숨은 태식(胎息)이다. 태아의 숨은 고요 그 자체다. 어머니 뱃속에서 아이는 어머니의 숨을 그르치지 않으면서 숨을 쉰다. 그 숨은 쉰다는 의식이 없다. 이와 관련하여 방정환의 「어린이 예찬」의 한 부분을 읽어보자.

어린이가 잠을 잔다. 내 무릎 앞에 편안히 누워서 낮잠을 자고 있다. 볕 좋은 첫여름 조용한 오후다. 고요하다는 고요한 것들을 모두 모아서 그 중 고요한 것만을 골라 가진 것이 어린이의 자는 얼굴이다.

방정환은 어린이의 자는 얼굴을 얘기하고 있지만 그것은 숨에 대한 이야기이기도 하다. 숨소리가 전혀 들리지 않는 고요가 자리잡지 않고는 얼굴이 평화롭지 않다. 숨은 마음의 뿌리이며, 마음은 얼굴의 뿌리다.

숨을 쉬자. 편안하고 고요하게 숨을 다스리자.

깨끗한 공기를 폐에 가득 채워 온몸의 기관으로 맑은 공기를 보내면 그만큼 우리 몸은 활성화된다. 그 몸은 마음을 너그럽게 만들 뿐만 아니라 우리의 정신을 신의 영역까지 고양시킨다. 무엇보다 폐활량을 먼저 키우자. 우리가 운동을 강조하는 이유도 폐활량을 키우기 위함이다. 우주를 모두 담을 수 있을 만큼 폐활량을 넓히고, 그 넓고 깊은 폐 속에서 자아와 우주가 하나의 리듬으로 움직이도록 하자.

4
비백(飛白)

비백체는 혁필(革筆)에서 비롯한, 중국 동한 시대 서예가 채옹(蔡邕)이 개발한 서체다. 이후 이 서체는 중국의 궁중이나 상류층에서 유행하다가, 우리나라에서는 조선 후기에 버드나무나 대나무로 쓰게 된 글씨체다. 우리나라에서는 주로 사찰이나 건물의 현판이나 족자에 많이 쓰였으며 추사와 같은 명인들의 초서체에서 많이 발견된다. 비백은 말 그대로 먹이 묻지 않고 하얀 종이가 그대로 드러나는 부분을 일컫는다. 이 서체의 묘미는 까만 획 속에 하얀 새가 날아가는 듯한 글씨체에 있다. 이는 글씨가 갖고 있는 의미를 텅 비게 만들어 버린다. 거친 붓으로 써서 까만 먹이 묻지 않아 글씨 안에 새가 날아가는 듯한 느낌은 곧 그 글씨가 갖고 있는 의미를 백지화하는 상징을 내포한다. 또한 글씨나 그림에서 먹을 희미하게 표현하는 부분 또한 비백이다.

색도 숨을 쉰다!

추사의 〈불이선란도〉나 〈세한도〉는 그러한 비백이 잘 나타난 그림이다. 먹을 희미하게 하거나 글씨의 획에 먹이 묻지 않게 하는 뜻은 의도를 최대한 줄이려는, 혹은 비우려는 선미(禪味)를 느끼도록 한 데에서 연유한다. 비백은 작가의 의도를 모두 드러내지 않고 비워두는 글씨체나 그림의 표현 방식이다. 이는 글씨나 그림에 텅 빈 화포의 맛을 더하게 하여 그 뜻을 빈 공간과 함께 느끼게 하는 묘미가 있다.

우리 시에서도 이러한 비백의 선미를 드러내려는 시들이 있다. 오탁번의 「비백」이라는 시와 정진규의 「되새들의 하늘」이 그것이다.

오탁번은 언어의 낭비와 교란을 혐오한다. 그는 시에서 언어는 강제로 욱여넣는 도구가 아니라 언어와 시인의 내면이 일치해야 한다고 본다. 따라서 그는 "맘대로 해도/법을 안 어기는" 순리의 표현에 기댄다.

> 수은주의 키가 만년필 촉만큼 작아진 오전 여덟 시
> 싱그의 드라마를 읽으려고 하다가 그를 만났다
> —47년 전에 쓴 「굴뚝 소제부」의 첫머리다
>
> 간밤에 잣눈 내리고
> 아침 수은주가 영하 25도까지 내려갔다

만년필 촉의 비유를 쓴
젊은 날의 내가
나 같지 않다

맘대로 해도
법을 안 어기는
뉘엿뉘엿 어스름에
지팡이 그림자만
산 넘어간다

이냥저냥
희끗희끗
비백체(飛白體)로 몸을 떠는 소나무가
춥다

“비백체로 몸을 떠는 소나무”라는 표현에서 비백은 지용과 미당에게서 가져온다. 그것은 내 것이 아닌 남의 것을 이른다. 내 안에 타인의 것이 들어 있다는 겸손이다. 그는 「비백과의 만남」에서, “지용과 미당은 내 시세계에 있어서 하나의 비백이었다. 지용과 미당은 나도 모르는 사이에 그냥 성긴 붓끝 사이 희끗희끗한 아무 형체도 없이 내 시세계의 암사지도를 그리고 있었다.”라고 썼다. 그에게는 내 안에 타인이 들어올 수 있도록 비워두는 자리가 비백이다.

다른 한편 정진규는 "되새떼들의 서체(書體)여, 자유의 격식이여 몇 장 밑그림으로 모사해 두었네 가슴팍에 바짝 당겨 넣은 새들의 발톱이 하늘 찢지 않으려고, 흠내지 않으려고 제 가슴 찢고 가는 그게 飛白이라네 하얀 피라네"라고 하여 비백을 뜻 그대로 비워두는 것이라고 본다. 그런데 그 비워둠은 하늘을 찢지 않으려고 제 가슴을 찢어 만든 비워둠이다. 그의 시 전문을 보자.

> 오늘 석양 무렵 그곳으로 떼 지어 나르는 되새떼들의 하늘을 햇살 남은 쪽으로 몇 장 모사해 두었네 밑그림으로 남기어 두었네 그걸로 무사히 당도할 것 같네 이승과 저승을 드나드는 날개 붓이여, 새들의 운필이여 붓 한 자루 겨우 얻었네 秘標 하날 얻어 두었네 한 하늘에 대한 여러 개의 질문과 응답을 몸으로 할 수 있다는 것은 얼마나 감지덕지할 일인가 오늘 서쪽 하늘에 되새떼들이 긋고 간 飛白이여, 되새떼들의 書體여, 자유의 격식이여 몇 장 밑그림으로 모사해 두었네 가슴팍에 바짝 당겨 넣은 새들의 발톱이 하늘 찢지 않으려고, 흠내지 않으려고 제 가슴 찢고 가는 그게 飛白이라네 하얀 피라네

되새들이 하늘을 찢지 않기 위해 제 가슴을 찢어 만든 비백은 자기희생이다. 오탁번이 자연 그대로에서 수용하는, 혹은 타인의 자리를 비워 두는 비백이라면, 정진규는 보다 적극적으로 자신을 찢어 비우는 비백이다. 따라서 오탁번의 시가 자연정취의 진술의 맛이 있는 비백이라면 정진규의 비백은 쥐어짜는 내면의 비움이다.

오탁번이 전통적인 선미에 몸을 두고 있다면 정진규는 보다 모던한 선미를 추구한다. 그만큼 오탁번의 시는 리듬이 정연하고 정진규의 시는 거친 리듬을 끌어안는다. 두 시 모두 '나'라고 하는 자기애(自己愛)가 아직 강하다. 하지만 진정한 비백은 '나'를 내려놓는 데서 찾아야 한다. 그리고 그것은 말의 비움에서 찾아야 한다.

비백은 자신이 표현하고자 하는 의미를 다 드러내지 않고 남겨두어 감상자가 참여할 수 있도록 하는 표현 방식이다. 나를 다 드러내지 않는, 나를 감추는 표현법은 동양의 예술에 녹아 있는 표현방식이다. 남기고 비워두어 자연도 독자도 함께 참여할 수 있게 해주는, 작가가 의도적으로 비워두는 예술의 표현법은 공(空) 사상이 몸에 밴 데서 나온다.

어떻게 비울 것인가!

그림 안에, 시 안에 숨을 심는 일이다. 행간에 쉼이 있어야 한다. 화가나 시인의 의도를 최소화하여 감상가가 끼어들어 그들의 마음이 숨 쉴 수 있도록 해야 한다. 그림이나 시도 숨을 쉬어야 한다. 숨 쉬지 않는 그림이나 시는 불안하다. 그런 그림이나 시는 언어나 붓의 길 너머가 보이지 않는다. 화폭 가득 온통 색으로 범벅이 된 서양화가 그렇다.

5

몇 개의 단어들 1

숨

숨은 산스크리트어 아트만(atman)의 tm(틈)에서, 혹은 터키어의 dem(듬), tÏm(뜸)에서 왔다는 설이 있다. tm은 tum으로 전이되고, 다시 sum이 된다. 아트만은 영혼이다. 영혼은 절대 죽지 않는다. 영혼은 한 육체가 죽으면 다른 육체로 이동하는 절대적인 관념이다. 이는 티베트 고원에서 유래했는데 윤회사상과 관련이 있다. 슴은 숨으로 발음상 전이되기도 하고 심(心)으로 전이되기도 한다. 이는 목숨, 목에 있는 숨, 혹은 자기 몫만큼의 숨으로 발전한다. 그리고 다시 숨은 움, 쉼으로 전이된다.

서양어 spir은 숨 쉬다, 이다. asprin은 숨 쉬게 해주는 진통제다.

숨은 한자어로는 기(氣), 식(息)이다. 기는 공기의 흐름과 같은 유동성이며 힘이다. 식은 보다 관념적인 자아이다. 식(息)이라는 한

자를 보면 스스로 자(自)와 마음 심(心)이 합해져서 만들어진 형성자다. 자(自)는 원래 코를 형상하는 글자이며, 심(心)은 심장을 형상한 글자이다. 기(氣)가 공기의 흐름이라면 息은 공기를 통해 만들어진 내면의 흐름이다. 따라서 자식(子息)은 물려준 내면이다. 이때 내면은 호흡의 결과이다. 우리는 자식에게 호흡을 물려주는 것이다. 휴식(休息)도 숨, 곧 내면을 쉰다는 뜻이다.

다른 한편 허영호의 『조선어기원론』에 보면, '코'는 '고'가 그 어원인데, 고는 '골'에서 온 것이며, '골'은 공동(孔洞), 혈공(穴孔)의 뜻이다. 숨은 텅 빈 코를 통해서 '심(힘)'에서 온 것이다. 그리고 심이나 숨은 '수'에서 온 것이며, 그것은 '日(태양)'에서 전이된 말이다.

숨을 돌리다, 숨차다, 제주 방언 숨비소리 등은 숨, 곧 내면을 쉰다는 뜻과 관련이 있다. 숨은 몸을 유지하기도 하지만 진흙에 불어넣어주는 영혼이기도 하다. 세계 어느 신화에서나 나타나는 인간을 짓는 방식으로 흙에 생명을 불어넣는데, 그때 불어넣는 입김이 숨이다.

호흡

호흡(呼吸)은 날숨과 들숨을 동시에 묶은 합성어로 숨 쉼이다. 호흡(呼吸)이라는 글자는 둘 다 입 구(口)가 변으로 들어 있는 형성자다. 여기서 구(口)는 입의 뜻도 있지만 목구멍을 형상하기도 한다.

숨은 목구멍을 통해서 이루어진다고 여긴 데서 호흡이란 말이 만들어졌다. 어떤 이는 호흡이라는 말이 '호'라는 소리와 '흡'이라는 소리의 음사라고 보기도 한다. 호- 하는 소리는 뱉을 때 목에서 나는 소리이며, 흐읍- 하는 소리는 목을 통해서 들이마실 때 나는 소리다. 예부터 우리는 숨이 목에 있다고 생각했다. 전통적으로 우리는 목에서 숨이 이어지고 목에서 숨이 끊어진다고 여겼다. 그것이 목숨이다. 목을 베거나 목을 비틀거나 목을 놓거나 하는 것은 모두 생명과 관련이 있다. 이때 숨은 내면보다는 주로 몸과 관련이 있다.

부아

부아 나 죽겠구만, 부아를 돋우지 마, 할 때 부아는 '화(火)'다. 우리 몸에서 화가 만들어지는 곳은 신장, 간, 심장이다. 이 기관들에 열이 나면 염증이 생긴다. 이 기관들에게 생명을 넣어주는 역할은 폐가 맡고 있다. 폐, 순우리말로 하면 부아다. 허파는 생명의 근원인 산소를 빨아들이는 기관이다. 허파는 순우리말인데, 한자 허(虛)와 파(波)의 음사다. 곧 텅 빈 파동이다. 따라서 허파는 늘 깨끗한 공기가 흘러야 한다. 이 기관에서 심장으로 산소를 보내면 심장에서는 신장이나 간으로 피를 흘려보낸다. 다른 곳보다 이들에서 열이 올라오면 몸의 리듬이 깨진다. 그리고 즉시 허파로 그 영향이 미친다. 그런데 이들 기관의 열은 바로 나타나지 않는다. 하지만 허파나 기관지, 목에서 나는 열은 즉각적이다. 왜냐하면 허파는 리듬을 관장하기 때문이다. 몸이 건강하고 정신이 맑으려면 허파에서 만들어내는 리듬이 규칙적이어야 한다. 그렇지 못할 경우 심장은 불규칙하게 뛴다. 그게 부아다. 그러므로 부아는 심리적이다. 나를 내려놓지 않으면 부아는 언제든지 일어날 수 있다. 늘 뜸을 들이고 틈을 주고 듬직하게 있어야 부아가 안 일어난다. 모든 부아는 내면에서부터 온다. 부아가 나 죽겠다는 뜻은 폐가 제대로 작동하지 않아 숨이 헐떡여 화가 미친다는 의미다. 부아가 치미는 것은 숨이 위로 올라온다는 뜻이다. 숨은 단전으로 내려가야 한다. 그래야 몸과 마음이 안정적이다. 그런데 부아가 치밀어 위로 올라오면 몸의 균형은 깨진다.

숨은 우리 몸이나 내면의 리듬을 지키는 첨병이다. 부아가 치밀면 몸뿐만 아니라 마음까지도 리듬을 잃는다. 그 즉각적인 현상이 감기다. 과거에는 '곳불'이라고 해서 숨의 리듬이 깨졌을 때 나타나는 코의 화기다. 하지만 감기는 반드시 날씨가 추워서 생기지 않는다. 호흡의 리듬이 깨질 때 감기가 온다. 또한 몸의 리듬이 깨질 때 숨은 불규칙적이 된다. 잠을 잘 때 숨은 느려진다. 그때 찬 공기가 코에 닿으면 리듬이 깨진다. 그러면 코에 불이 난다. 부아가 위로 치미는 현상이 나타난다. 그것은 곧 몸의 리듬이 깨져 열이 위로 올라오는 현상이다.

그런데 들숨과 날숨 사이에 딱 멈추는 순간이 있다. 이 순간이 곧 죽음과 삶이 만나는 찰나다. 우리는 숨을 통해서 죽음과 삶을 동시에 맛본다. 경허의 '콧구멍 없는 소' 화두가 그것이다. 코는 우리의 생명과 죽음의 입구이며 출구다. 죽음과 삶이 자연스럽게 유통되지 못하면 생명은 사멸되고 정신은 죽는다. 경허는 삶과 죽음을 뛰어넘어야 함에서 깨달음의 단초를 본 것이다.

6

지금 불안한가

Y는 책이 읽히지 않았다. 젠장! 왜 이렇게 떠드는 소리가 많이 들리지. 몸이 으슬으슬하다. 목도 칼칼하다. 비가 올라나. 감기에 걸리면 안 돼. 일찍 집에나 갈까. 티브이 채널이나 돌려야겠다. 아냐, 조금만 더 보고 가자. 이놈의 독서실은 너무 추워. 보스락 소리가 너무 많이 나.

등이 아프다. 며칠 째인지 모르겠다. 혹시 암은 아닐까. 위암이나 뭐, 췌장암 같은 거. 아버지는 췌장암이었잖아. 안 돼. 어제 술을 너무 과하게 마셨어. 술을 줄여야 해. 그 친구도 그만 만나야 하고…….

책을 잘못 빌렸어. 해설을 읽어보고 빌렸어야 했어. 최소한 문장 몇 개라도 읽어보고 빌릴걸. 언제 도서관에 가지. 내일, 모레, 앞으로는 두 권씩 빌려야지. 그래야 한 권이 실패하면 다른 책을 보지.

커피를 너무 마시는 건 아닌지 모르겠다. 커피는 각성에 좋다는데, 그렇지만 난 위가 안 좋잖아. 손톱을 잘라야겠다. 언제 잘랐더라…….

지난번 책은 좀 더 묵혔다 냈으면 좋았을걸. 아냐, 내 실수를 눈치채지 못할 거야. 다른 출판사를 찾아봤어야 했어. 내가 요즘 세태를 너무 모르는 건 아닐까.

몸이 뻐근하네. 밥통에 밥이 있나. 편도선이 오려나.

가슴이 왜 이렇게 두근거리지. 뭘 잘못 먹었나.

내일 약속을 취소해버릴까. 바쁘다고 하면 돼.

발이 왜 이렇게 차갑지.

이번 달 돈은 잘 들어오려나.

머릿속 생각이 눕지 못하면 결코 편안하지 않다. 머릿속 사람은 어제의 나일 수도 있고, 욕망하는 나이기도 하고, 걱정하는 나이기도 하다. 아니면 아주 다른 존재가 내 머릿속으로 들어와 나를 조종하고 있는지도 모른다. 나는 그냥 불안하다. 하지만 뭔가 잘못되고 있는 건 분명하다. 나는 나와 나 아닌 존재 사이에서 머뭇거리고 있다. 나는 나이고 싶은 나인지, 아니면 나 밖의 나를 욕망하고 있는지 잘 모르겠다. 하지만 그 욕망하는 존재는 결코 참된 나라고 할 수 없다. 욕망하는 나와 현실의 나 사이에서 본래의 나는 어디에 있는가. 욕망은 실체가 없다. 욕망이 크면 클수록 현재의 나와의 거리가 멀어져 불안은 증폭된다. 그러므로 욕망이 크면 현재에 살지 못해서 걱정이 많아진다.

그래서 삶은 언제나 우리를 속인다. 푸시킨이 「삶이 그대를 속일지라도」에서 읊었던 것처럼 우리는 늘 현재에 살지 않기 때문이다. 걱정은 욕망과 밀접한 관계가 있다. 그 둘은 늘 미래를 지향한다.

> 삶이 그대를 속일지라도 슬퍼하거나 노하지 말라,
> 우울한 날들을 견디며 믿으면 기쁨의 날이 오리니
> 마음은 미래에 사는 것 현재는 슬픈 것
> 모든 것은 순간적인 것, 지나가는 것이니

걱정이나 불안은 신경계에서 시작해 몸에 전이된다. 불안은 위험 요인에 대해 미리 염려하는 걱정에서 오는데, 그 위험 요인을 피하기 위한 자기 보호 의식이 불안이다. 하지만 그 걱정은 구체적인 것이라기보다 막연한 것이어서 그 요인 또한 다양한 데서 온다. 조르단 스몰러 교수에 의하면, 불안은 타고난 성격 – 내성적이거나 부끄러움을 많이 타는 – 이나 환경, 경험에서 온다. 불안은 불확정, 불안정, 위험사회로 표현되는데, 나쁜 일이 일어날 것이라는 예감이 생기면, 그것은 점점 증폭해 조금씩 우리의 내면을 지배하게 되어 히스테리에까지 이르게 된다. 더욱이 성마른 성격을 가진 사람은 어차피 좌절될 욕망인데도 그걸 견디지 못한다. 프로이트에 의하면 불안은 결국에는 극복되는데, 대신 온갖 금기를 불러오는 대가를 치른다고 한다. 이런 불안에서 벗어나기 위해서 우리는 몸부림을 친다. 불안에서 벗어나기 위해서 별짓을 다하지만 그것을 떨쳐버리기는 힘들다고 미국의 젊은 작가 멀리사 브로더는『오늘 너무 슬픔』에서 다음과 같이 말했다.

> 가끔 머릿속 위원회가 시키는 대로 함으로써 그들을 달랜다. 쇼핑을 하거나, 막 먹거나, 보내지 말아야 할 이메일을 보내거나, 남들의 관심을 받으려 기를 쓰거나, 포르노를 너무 많이 보는 식으로. 하지만 외부적인 것은 아무리 멀리 도망치려 해 봤자 궁극적으로 머릿속 위원회를 떨쳐 내는 건 불가능하다. 세상 그 무엇으로도 머릿속 위원회를 만족시킬 수는 없을 것이다.

불안은 떨쳐내려고 할수록 더 강하게 달라붙는 속성이 있다. 그건 내가 감당할 수 있는 게 아니기 때문이다. 불안은 이제 개인적일 뿐만 아니라 더욱 더 사회적인 현상이 되었다. 오늘날은 너무 많은 자유와 개인적인 선택이 주어진 사회다. 무엇이든지 할 수 있다는 생각, 모든 것이 개체화된 사회에서는 욕망이 극대화된다. 하지만 그 욕망은 이루어지지 못한다. 그 간극에서 불안이 형성된다.

그렇다면 우리는 무엇을 욕망하는가. 욕망에는 실체가 없다. 욕망하는 나는 현실의 내가 아니기 때문이다. 나는 끊임없이 또 다른 나를 욕망한다. 하지만 그 욕망 속의 나는 내가 아니다. 나 밖의 나, 주체가 꿈꾸는 타자다. 주체는 절대 타자가 될 수 없다. 타자는 주체와 대립적이지는 않지만 그렇다고 주체로 환원되지는 않는다. 욕망은 허상이다. 그러므로 욕망에 사로잡힌 주체는 도달해야 할 지점을 모른 채 현실 밖에서 떠돈다. 욕망은 커질수록 꺼질 기미를 보이지 않는다. 욕망은 커지면서 그 색깔 또한 다양해진다. 은색이었다가 황금색이 되고 분홍색으로 옷을 갈아입는다. 그리고 다시 보라색으로 변한다. 그 색깔은 시시때때로 변해 무한대로 나아간다.

불안이나 걱정이 심리학자들이 말한 것처럼 반드시 성격의 문제는 아니다. 성격은 유전적인 부분도 있고 환경적인 부분도 있지만 숨 쉬기의 버릇에서 온다. 우리는 불안을 잠재우기 위해서 다양한 방법을 쓴다. 염소를 세거나 숫자를 거꾸로 세어 나가거나 메트로놈을 놓기도 하고 눈을 집중시킬 수 있는 반짝이는 물체를 천장에 매달아놓기도 한다. 하지만 이는 극히 일시적일 뿐이다. 자신을 지치게 해서 불안을 없애는 것인데, 이는 본질적인 해결책이 아니다. 그런데 이는 화두를 물고 늘어지는 선불교의 방법과 통한다. 선불교에서는 머릿속의 참견자들을 몰아내기 위해 하나의 말을 끌어안는다. 그런데 이는 오랜 수행 경험이 있는 이들에게만 가능하다. 이를 오쇼는 『쉼』에서 응념(凝念)이라는 말로 표현한다.

구도자가 제일 먼저 해야 할 것은 다라나, 즉 응념이다. 사람의 마음에는 너무 많은 대상이 떠돈다. 너무나 많은 대상과 생각들로 붐빈다. 대상을 하나하나 쳐내라. 마음의 초점을 좁혀 나가라. 그리하여 나중에는 하나의 대상에 마음을 모으라.

마음을 모으기 위해서는 무엇보다 하나의 대상에 충실하고 호흡을 조절하는 게 중요하다. 욕망은 늘 앞을 바라보기 때문이며, 마음이 현실보다 앞서면 숨이 가빠지기 때문이다. 하나의 대상에 초점을 맞추고 호흡을 조절한다면 그 대상이 점점 커지면서 그 대상에서 아름다움을 발견하고 결국에는 나를 찾게 된다. 그 '나'는 현실의 나도 아니며 욕망하는 나도 아니다. 나라고 하는 의식 자체도 없다. 그것은 숨 속에 있는 존재다.

걱정하는 일에 집중하고 그와 함께 호흡을 천천히 고르게 쉰다. 무엇보다도 호흡이다. 숨이 잠들지 않고는 욕망은 영영 잠들지 않는다. 그 숨과 함께 욕망을 끝까지 탐구해 나가면 그것은 부스러져 녹아내리고 깨끗한 자아만 남는다.

7

자연은 결코 서두르지 않는다

미세먼지가 심한 날이다. 하늘은 매캐한 냄새를 풍기며 R를 감쌌다. 그는 연락을 받고 2단지 쪽으로 가기 위해 버스를 탔다. 버스는 자욱한 먼지 안개 속을 뚫고 달린다. 버스의 헤드라이트 불빛조차 멀리 가지 못한다. 버스 안에서 사람들은 모두 마스크를 쓰고 있다. R은 속생각 때문에 어지럼증이 일었다. 도대체 언제까지 이렇게 찾아 다녀야 하나. 가면 찾을 수나 있을 것인가. 인상착의만으로 사람을 찾는다는 것은 모래밭에서 바늘 찾기나 마찬가지다. 벌써 아이들은 제 엄마를 찾는 일을 포기한 지 오래다.

아빠, 더 이상 찾는 건 무의미해요.

그렇다고 여기서 포기하면 엄마는 어떻게 되겠냐.

가봤자 헛수고예요.

나도 안다. 백번 헛수고라고 해도 나는 가야 한다. 너희들은 니들 할 일이나 해라.

R도 헛수고라는 걸 안다. 이미 수없이 찾아 다녔지만 현장에 가보면 그 사람은 아내의 얼굴하고는 비슷하기조차 하지 않았다. 대부분 노숙자이거나 집을 잃은 부랑자이거나 치매 할머니였다.

그의 아내는 현기증을 앓고 있었다. 어지럼증이 오면 방향 감각을 잃고 쓰러졌다. 구토가 심하고 저혈압이어서 뼈밖에 남지 않은 아내를 보면서 R은 죄책감을 느꼈다. 그는 자신의 죄책감을 덜기 위해서라도 아내를 찾아내려고 애썼다.

다 나 때문이야!

그는 아내의 병이 자신 때문이라고 믿었다. 결혼 이후 한 번도 제대로 살뜰하게 챙겨준 적이 없었다. 아내 또한 그에게 무엇 하나 요구한 적도 없었다. 오직 아이들만을 위해서 제 한 몸을 내던지다시피 한 아내였다.

버스는 느릿느릿 움직였다. 오후 4시인데도 거리에는 승용차나 트럭, 버스들로 꽉 들어차 있었다. 아침부터 세상을 먼지 구덩이에 처박으려는 듯 하늘은 뿌연 안개로 뒤덮였다. 앞뒤 분간조차 할 수 없었다. 버스 안 사람들은 걱정스러운 눈빛으로 창밖을 내다보고 있지만 종말인 듯 거리에는 사람이 거의 보이지 않았다.

2단지에 있는 지구대라고 했지.

앳된 목소리의 경찰 말로는 인상착의가 똑같다는 것이다. 그런데 말을 못 한다고 했다. 아내는 말을 못 하지는 않는다. 조금 어눌

할 뿐.

옅은 붉은색 스웨터 차림에 키가 작아요. 백오십이나, 뭐 비슷해요. 눈도 조그마해요.

그럴 수도 있다. 벌써 얼마인가. 많이 변했을 것이다. 길 잃은 애완견 마냥 아내는 본래 모습을 잃었을 것이다. 나이가 들면 사람은 허리가 굽어 키가 줄어든다.

R이 아내의 실종 신고를 한 지도 벌써 오 개월이 넘었다. 지난 초여름이었으니까 육 개월이 다 되어간다.

R이 지구대에 갔을 때 여자는 영락없는 아내였다. 헛구역질에 어칠비칠 금세라도 쓰러질 듯 벽에 기대어 겨우 일어났다. 아내는 현기증이 일면 곧 쓰러지려는 몸을 벽이나 식탁, 티브이 등을 잡고 겨우 버텼다. 저혈압에 어지럼증이 있어서 한 번 그 증상이 나타나면 한 두 시간은 누워 있어야 겨우 제정신을 차렸다. 처음에는 그냥 단순히 어지럼증의 지병이 있겠거니 했으나 나이가 들면서 정신까지 혼미해진 아내는 밖에서 쓰러져 집을 찾아오지 못하는 일이 가끔 있었다. 그때마다 누군가 R에게 전화를 해서 데려오곤 했다. 의사의 말에 의하면 어지럼증을 방치하면 정신병으로까지 발전할 수 있으니 주의하라는 경고를 받은 터라 아내는 혼자서는 절대 외출하지 않았다. 그런데 그가 집을 비운 사이 아내는 집을 나가 돌아오지 않았다.

R의 아내는 행동은 굉장히 느린데 마음은 항상 급했다. 그래서

그녀의 머릿속은 현실보다 늘 빨랐다. 화를 잘 내고 불평이 많았다. 한꺼번에 두세 가지 일을 동시에 처리하려고 하니 마음은 늘 조급해지고 행동은 느려 실수투성이였다. 그리고 그 탓을 주변 사람들에게 전가했다. 그녀는 만사를 귀찮아했다.

이런 것도 다 당신 때문이에요. 왜 내가 이때까지 이 고생을 하고 살아야 하는데요. 당신 뒤치다꺼리하랴 애들 챙기랴 난 정신없다고요. 친구들 생각하면 속상해 죽겠어. 학교 다닐 때 내 친구들은 공부도 지질히 못했는데 다 나보다 잘 살아.

그녀는 모든 게 맘에 차지 않았다. 그만큼 다른 모든 사람들을 부러워했다. 마음의 눈은 너무 돌아갔다. 이쪽저쪽 돌아다보느라고 정신이 없었다. 그녀는 자신의 욕망의 속도를 따라가지 못했다. 가슴은 두근두근, 마음은 빠르게 움직였고 행동은 느렸다.

그것이 증상으로서의 현기증이다. 현기증은 속도를 따라가지 못하는 데서 오는 정신적 증상이다. 욕망은 너무 큰데, 그 욕망을 따라가지 못하면 현기증을 앓는다. R도 아내 때문에 현기증을 앓았다. 그도 가슴 두근거림이 나타났고 어지럼증을 자주 호소했다. 그는 천천히 살아가고 싶어 했지만 이미 몇십 년 동안 성마른 아내의 타박을 받은 터라 늘 자책을 하며 불안에 빠졌다. 숨은 검불처럼 목과 입으로 흩날렸다.

R은 집으로 돌아왔다. 그 자신은 이미 지독한 스모그 속을 걷는 것 같았다. 그는 반복해 뇌까렸다.

어디로 가야 하나. 길은 수없이 많은데 나의 길은 어디인가. 아내는 어디를 헤매고 있을까.

말이나 행동은 늘 한 박자 늦게 해도 된다. 그래도 세상은 그대로다. 변화하는 세상의 속도를 좇아가면 우리는 누구나 어지럼증으로 죽고 만다. 현기증은 현기증(眩氣症)이다. 사람의 기운이 아래에 머물러 몸의 중심을 잡아야 하는데, 자꾸 위로 솟아 열이 오르고 날숨을 쉬니 궁극에는 눈이 돌아가고 안정을 취하지 못한다. 결국 기운이 흐트러진다. 조급증을 내려놓아야 한다. 마음이 앞서가면 걱정부터 밀려온다. 그래서 쿤데라는 『참을 수 없는 존재의 가벼움』에서 현기증을 "아무리 자제해도 어쩔 수 없이 끌리는 추락에 대한 욕망"이라고 했다. 추락은 욕망의 속도에 못 미쳐 나타나는 마음의 증상이다.

R은 자신을 잘 알고 있었다. 아는 것과 몸으로 행동하는 것은 다르다. 등을 보이며 걸어가는 거울에 비친 자신의 뒷모습은 폐허 같았다. 그럴수록 마음은 더 불안했다. 우리는 자연이다. 자연은 절대 서두르지 않는다. 소로는 일기에 이렇게 썼다.

> 자연은 절대 서두르지 않는다. 늘 속도가 일정하다. 싹은 마치 짧은 봄날이 무한히 길기라도 하듯이 서두르거나 허둥대는 일 없이 서서히 싹튼다. 자연은 무엇이든지 자신이 하는 일 하나하

나에 지극히 공을 들인다. 마음을 자연의 시계에 맞추면 크게 틀리지 않는다. 우리는 자연 속에 던져진 존재이므로, 자연의 시간에 맞춰 살아야 한다. 그게 가장 편안하게 사는 방법이다.

자연이 돌리는 시간의 수레바퀴를 따라 마음을 움직여보자. 자연의 리듬에 따라보자. 그러면 자연은 우리를 절대로 그냥 내팽개치지 않는다.

8
앉아봤어?

필자가 잘 아는 선지식이 있다. 그는 선불교 관련 책도 많이 펴냈으며, 선시도 많이 썼다. 뿐만 아니라 불교 교당의 강백으로도 이름을 날린 바 있다. 그가 하는 설법은 명쾌해서 그의 강의를 듣는 사람들은 저절로 고개를 끄덕인다. 필자도 그의 강의를 몇 번 들은 바 있다. 그는 화두를 아주 중요하게 여긴다. 그의 입에서는 벽암록이나 무문관, 선문염송이 줄줄이 흘러나온다. 그리고 그가 해석하는 화두들은 무릎을 치는 듯, 살갗을 벗기는 듯 듣는 이의 가슴을 친다. 그의 명쾌하고 해박한 지식과 상상력은 강의를 듣고 집으로 돌아가는 내 가슴 한쪽에 머물러 있다. 그의 시「만행」을 옮겨 보겠다.

감기약 때문인가 백화점 에스컬레이터에 올라서니 가슴이 부

풀어 오른다 타인의 말 속에 잠기면 오고 가는 길이 얼룩진다,
커피가 마시고 싶다, 에스프레소처럼 진하게 앉아 어지럼증을
앓고 싶다, 카톡, 카톡, 먼 데서 온 목소리, 너무 밝으면 어둡다
수많은 가격표들이 나를 흘끗거리는 지금, 몇 시나 됐을까.

잡힐 듯 잡히지 않는 언어가 매력적이다. 읽을수록 상상력이 연처럼 떠오르는 것 같다. 그는 해박한 지식만큼이나 상상력도 뛰어나다. 하지만 불안이 시 속에서 배어 나오는 건 왜일까?

언어란 분별에서 나온다. 옳고 그름, 차이, 간격, 관계를 따질 때 언어가 필요하다. 따라서 언어는 이성적인 산물로서 지식의 매개체다. 지식이란 문명을 발달시키는 데에 있어서 중요한 매개체 역할을 한다. 그것은 분별의 힘에서 온다. 그런데 그 지식은 언어로 이루어져 있다. 언어는 모든 데이터를 수집하고 전달하는 매개체다. 하지만 언어의 이러한 기능이 인간을 고통에 빠뜨린다. 언어로 인해 분별과 차이가 만들어지고, 그 분별과 차이는 우리들의 마음 속으로 파고든다. 그래서 우리의 마음은 본래적인 성품을 잃는다.

본래무일물(本來無一物)이어든 하처야진애(何處也塵埃)

육조 혜능의 위 시처럼 인간의 성품은 본래 티 없이 맑고 깨끗하다. 갓난아이는 하느님의 성품을 지녔다. 하지만 어머니로부터 말을 배우고 사회에 적응하면서 본래의 자성(自性)을 잃고 분별을 갖

게 되었다. 따지고 밝히고 끼어들면서 우리는 갓난아이의 성품을 잃었다. 그 중심에 언어가 있다.

다시 그 선지식의 이야기로 돌아가자. 그가 자주 언급하는 화두가 있다. 『벽암록』 제11칙에 있는 황벽 선사의 '술지게미나 먹는 놈'이다.

> 어느 날 황벽 선사가 대중에게 말했다. "너희들은 모두 술지게미나 먹고 취해 다니는 놈들이다. 이렇게 행각해서는 어떻게 깨달음을 얻겠느냐. 너희들은 이 당나라에 참된 선사가 없다는 걸 알겠느냐?" 그때 한 수행승이 말하길, "제방에서 대중을 거느리고 있는 분들은 누구입니까?" 이에 황벽은 이렇게 말했다. "선(禪)이 없는 게 아니라 스승이 없을 뿐이다."

그는 강조했다. 술지게미나 먹는 놈이 되지 말라는 말을 몇 번이고 언급했다. 이는 언어 문자의 문제다. 말로만 하는 수행, 지식으로 쌓는 수행은 아무 의미가 없다. 왜냐하면 수행을 통해 얻고자 하는 본래의 마음이란 어떤 언어로도 잡을 수 없기 때문이다. 말로만 하는 수행은 텅 빈 마음을 깨달을 수 없다. 언어는 그물과 같은데, 공기 같은 빈 마음을 어떻게 잡을 수 있겠는가. 『벽암록』 제49칙에 황금물고기 화두가 나오는데, 어떤 말로도 본래의 마음인 텅 빔을 잡을 수 없다는 화두다. 이는 박상륭이 『죽음의 한 연구』에서 말한 마른 늪에서 물고기 낚기와 같다.

"글쎄입지 마른 늪이라 말입지. 전래해 오는 말로는입지, 그게 바로 촌장을 낚아내는 낚시터라 하는데입지, 누구든지 말입지, 그 못에서 펄펄 뛰는 고기를 낚아내기만 한다면입지, 촌장이 된다는 것인데 알씀입지, 사실에 있어 그건 한 형벌의 장소라고 합지. 고기를 낚아내기만 한다면 일단 어떤 종류의 죄로부터도 구속되는 것이라고 합지. 허긴 그만한 담력이면 장차 촌장도 되고 남겠읍지."

마른 늪에서 물고기를 낚는 일은 언어 문자를 넘어서는 일이다. 그래서 박상륭은 『칠조어론』에서 언어로 하는 화두의 마음 공부를 비판한다.

선(禪)이란 불가능한 노력이라고 알게 됩습지. 글쎕지, 禪이 그 '색(色)의 조건'으로 삼는, '말(言語)'은, 그것의 새장 속에 잡혀든 아무것도, 날려 보내려 하지 않는 데에, 그 극단한 문제가 있습지. 그러려 하면 그것은, 그 새장을 파괴하여, '의미의 무(無)'를 드러내거나, 아니면 돌연 변이를 일으켜 '모순당착(矛盾撞着)'을 드러냅습지.

간화선(看話禪)은 말장난에 불과하다. 언어로 본래의 텅 빈 마음을 얻고자 수행하는 일은 모순당착이다. 언어 자체가 분별의 산물이며 관념인데 그 분별의 관념으로 모순 없는, 차이와 분별이 없는 '의미의 무(無)'를 잡을 수 있겠는가.

문제는 실천이다. 몸으로 체득하지 않는 것은 안다고 할 수가 없다. 머리로만 아는 것은 손에 잡히지 않는다. 몸으로 아는 것, 실천으로 아는 것이 아니면 안다고 할 수 없다. 언어라는 그물로 마음을 잡을 수 없듯이 체험하지 않고는 무엇이든지 참으로 안다고 할 수 없다. 언어에는 실재가 없다.

나는 그 강백이 늘 안타깝다. 한 번도 몸으로 실천해보지 않고 입으로만 하는 수련은 입에 발린 소리일 뿐이기 때문이다. 언어로 하는 수행은 자꾸 변죽만 울려 내 것이 되지 못할 뿐만 아니라 진정 남의 마음속으로 파고들지도 못한다. 이는 체험 없이 글을 쓰는 것과 같다. 『금강경』에서 여래가 수없이 언급하고 있듯이 말은 그냥 도구일 뿐이다. 말 속에서 진리를 찾으면 손에 잡히지 않아 돌아서면 연기처럼 날아가 버려 허무하기 그지없다. 말 속에는 아무것도 들어 있지 않기 때문이다. 말이란 가리키는 손가락에 불과하다.

수행자들에게 널리 회자되는 말이 있다.

앉아봤어?

이는 네가 직접 몸으로 텅 빈 마음을 찾으려고 해봤는가, 라는 질문이다. '깨달음'이 어떻고, 침묵이 어떻고, 화두가 어떻고 하는 것들은 그저 머릿속 생각일 뿐이다. 말은 그저 텅 비어 있다. 『벽암록』이나 『무문관』이나 『선문염송』은 그냥 과거 어느 날의 문답일 뿐이다. 이런 책을 많이 읽으면 요령만 는다. 직접 앉아서 몸으로 겪기 전에는 본래의 마음은 알 수 없다. 오쇼가 말한 것처럼 본래의 존재를 찾기 위해서는 직접 앉아서 숨을 돌려야 한다. 호흡을 어떻게 해야 하고, 자세는 어떻게, 생각은 어떻게 해야 하나를 온몸으로 직접 체험해 봐야 그 이치를 깨달을 수 있다. 숨을 쉬어 봐야 번민하는 마음을 쉴 수 있다. 숨에 쉼이 있기 때문이다.

이제 앉아보자!

앉아서 숨을 깊이 들이마시고 천천히 뱉어보자.

그때 말은 끊어진다. 침묵은 참된 나를 찾는 초입이다. 오쇼의 다음 말을 되새기며 말을 끊고 앉아보자.

> 사람은 경험을 통해서만 지혜를 얻을 수 있다. 경험을 통해서 지혜를 얻고, 지혜를 얻어 이해하게 된 대상은 쉽게 내려놓을 수 있다.

9

어떤 통찰력도 과시하지 않는다

나는 노간주나무이며, 쇠비름이고 옥수수이며 좀작살나무다.

이른 아침 발길 닿는 대로 아파트를 벗어나 좀작살나무 숲이 있는 산으로 들었다. 부드러운 공기가 나를 감싸 끌어안는다. 코끝에 닿는 바람의 손길이 감미롭다. 간밤에 굳어졌던 몸이 조금씩 풀리며 맑은 공기 속으로 호흡을 길들인다. 그리고 느릿느릿 비탈을 오른다. 저만치 노간주나무가 초록으로 나를 맞는다. 좀작살나무는 가녀린 이파리로 내 옷을 어루만진다. 나도 그 이파리를 손가락으로 만지며 인사를 한다. 그 순간 나는 몸에 묻은 문명을 떨쳐낸다. 내 손은 좀작살나무의 이파리가 된다. 더불어 팔과 다리, 머리는 가지가 되고 뿌리가 된다. 나는 걸어 다니는 좀작살나무다.

나는 숲에 앉아 나무들을 따라 호흡을 길들인다. 어디로 갈 것인가, 무엇을 할 것인가는 이미 잊었다. 나는 자연의 가족이다. 나무들 속에, 호숫가에, 바위에 앉아 있을 때 가장 나답다. 자연의 소리들이 귀를 청소해주고, 몸을 씻어준다. 바람 소리에 머리와 귀를 씻고, 마음까지 씻는다.

자연 속에 있을 때 가장 나다움을 느낀다. 소로는 일기에서 이렇게 썼다.

> 병을 앓으면서 나는 아래쪽 거리에서 가축들이 우는 소리를 듣는다. 나는 건강한 귀가 병의 쾌유를 약속한다. 소리들이 나를 진맥한다. 방향(芳香)이 내 오감 속으로 들어와 내가 아직도 자연의 아이라는 것을 알려준다. (…) 자연의 소리들은 내 맥박이 뛰는 소리와 다르지 않다.

자연의 소리와 내 맥박을 구별하지 않으며 내 생명의 리듬을 자연의 일부로 느낄 때 나는 자연이 되고 우주의 일부가 된다. 자연 속에 있을 때 나는 결코 외롭지 않으며 나의 내면이 닿지 않는 곳이 없다.

자연 속에서 나는 어떤 통찰력도 과시하지 않는다. 소로가 느꼈듯 나는 자연의 일기장이며 자연의 발자국이며 도구이다. 나는 어느 철학자의 언급으로 이루어진 존재가 아니라 자연의 손가락이며 목소리이며 발길이다. 우리가 자연에 어울려 사는 것 말고 해야 할 일은 없다. 다시 소로 일기에 귀 기울여보자.

> 삶의 기술, 특히 시인의 삶의 기술은 해야 할 아무 일도 없기 때문에 큰일을 한다는 데 있다.

여기에서 시인이란 말만 빼면 그대로 우리의 삶의 기술이 된다. 삶의 기술이란 해야 할 '아무 일도 없기 때문에 큰일을 한다.' 인간은 토끼처럼, 클로버처럼, 청단풍나무처럼 자연의 가족이다. 그들은 기교를 부리지도 않고 통찰을 과시하지도 않는다. 그저 보이는 대로, 느끼는 대로, 있는 대로 존재한다. 단순함이란 자연의 위대한 특징이다. 그래서 게리 스나이더는 『지구, 우주의 한 마을』에서 다음과 같이 말했다.

> 두보는 "시인의 생각은 고결하고 단순해야 한다."라고 말했지요. 선의 세계에서는 그것을 "미숙한 사람은 화려하고 새로운 것을 즐긴다. 성숙한 사람은 평범한 것을 즐긴다."라고 말합니다. 이 평이함, 이 평범함이 바로 불교도들이 '그러함(眞如)' 또는 '타타타'라고 부르는 것입니다.

자연이란 스스로 그러함이다. 이는 존재 그 자체를 말한다. 기교로 꾸미거나 새롭게 정의하거나 하지 않는, 말 이전의 그 자체가 곧 자연이다. 그러므로 자연으로 살아가는 일은 가장 건강한 삶이다. 새로운 것도 없고 평범하고 쉬워서 누구나 알아들을 수 있는 말을 할 줄 아는 사람이 가장 진실에 가까운 말을 한다. 진실은 단순하며 에두르지 않고 직접적으로 우리의 가슴으로 와닿는다.

산을 내려오면서 나는 풀이며 나무, 구름들의 이름을 하나씩 일삼아 불러준다. 그러면 그들도 내 이름을 그들의 방식으로 불러준다. 어떤 목소리는 가늘고 또 어떤 목소리는 카랑하기도, 물기가 섞여 있기도 하다. 터벅터벅, 하루도 똑같지 않는 자연의 일기장을 하나씩 일삼아 읽으며 집으로 돌아오면 하루가 건강하다. 숨은 부드럽고 살갗에서 푸른 공기 냄새가 난다. 그리고 언뜻 떠오르는 대로 일기장에 이렇게 적는다.

나는 자연의 들숨과 날숨 사이를 걷는 한 마리 노루다! 배가 고프면 풀을 뜯고 목마르면 물을 찾고 졸리면 자고, 친구가 부르면 귀를 쫑긋, 하고 내다본다. 자연, 거기에 순수한 나의 본래 모습이 있다.

10
청개구리 한 마리 고요에 들었네

아침 골목을 걷는다. 키 낮은 단독주택 골목은 언제나 편안하다. 무엇보다 골목은 좁고 낮은 건물의 대문들이 서로 마주 보고 있다. 집안에서 조금이라도 목청을 높이기만 해도 그 소리는 바로 담을 넘는다. 집집의 대문 앞에는 작은 화분들이 몇 개씩은 있는데, 거기에서 자라는 화초나 푸성귀는 그 집 안 살림의 첫인상을 느끼게 해준다. 어떤 화분은 귀가 부서졌다. 아니면 깨진 옹기나 크고 작은 스티로폼에서 부추가 자라고, 배추나 무, 상추도 푸르다. 보란 듯 국화도 해바라기도 낡은 화분에 자리를 잡았다. 이런 풍경 속으로 산책하면 마음이 푸근해진다. 나는 골목을 걸을 때면 천천히, 목이며 팔, 다리를 축 늘어뜨린 채 몸을 이완한다. 나의 마음보다 몸이 먼저 골목을 알아본다. 마치 몸이 나만의 공간이야, 하는 듯이 눈에서부터 발걸음까지 편안해진다. 그러면 어깨며, 허리, 발목이 축 늘어진다. 걸음은 느려지고 입은 약간 벌어지고 머릿속은 아무 생각도 내지 않는다. 나는 나를 내려놓고 골목의 풍경에 어울린다.

'골목'은 그 어원이 골에서 왔다. '골'은 깊이 파인 곳이다. '골짜기'나 '골로 가다'는 모두 골에서 왔다. 골은 마을에서 먼 곳, 사람들이 많이 살지 않는 곳이다. 골은 비어 있고, 먼 곳이다. 백석의 「여우난곬족」의 시를 보면 '골'의 의미가 잘 나타나 있다.

명절날 나는 엄매 아배 따라 우리 집 개는 나를 따라 진할머니 진할아버지 있는 큰집으로 가면

얼굴에 별 자국이 솜솜 난 말수와 같이 눈도 껌벅거리는 하루에 베 한 필을 짠다는 벌 하나 건너 집엔 복숭아나무가 많은 신리(新里) 고무 고무의 딸 이녀(李女) 작은 이녀

열여섯에 사십(四十)이 넘은 홀아비의 후처(後妻)가 된 포족족하니 성이 잘 나는 살빛이 매감탕 같은 입술과 젖꼭지는 더 까만 예수쟁이 마을 가까이 사는 토산(土山) 고무 고무의 딸 승녀(承女) 아들 승(承)동이

육십리(六十里)라고 해서 파랗게 뵈이는 산을 넘어 있다는 해변에서 과부가 된 코끝이 빨간 언제나 흰 옷이 정하든 말끝에 설게 눈물을 짤 때가 많은 큰골 고무 고무의 딸 홍녀(洪女) 아들 홍

(洪)동이 작은 홍(洪)동이

배나무접을 잘하는 주정을 하면 토방돌을 뽑는 오리치를 잘 놓는 먼 섬에 반디젓 담그러 가기를 좋아하는 삼춘 삼춘 엄매 사춘 누이 사춘 동생들이 그득히들 할머니 할아버지가 안간에들 모여서 방안에서는 새 옷의 내음새가 나고 또 인절미 송구떡 콩가루차떡의 내음새도 나고 끼때의 두부와 콩나물과 뽂운 잔디와 고사리와 도야지비계는 모두 선득선득하니 찬 것들이다.

저녁술을 놓은 아이들은 오양간섶 밭마당에 달린 배나무 동산에서 쥐잡이를 하고 숨굴막질 을 하고 꼬리잡이를 하고 가마타고 시집가는 놀음 말타고 장가가는 놀음을 하고 이렇게 밤이 어둡도록 북적하니 논다.

밤이 깊어 가는 집안엔 엄매는 엄매들끼리 아르간 에서들 웃고 이야기하고 아이들은 아이들끼리 웃간 한 방을 잡고 조아질하고 쌈방이 굴리고 바리 깨돌림하고 호박떼기하고 제비손이구손이하고 이렇게 화디의 사기방 등에 심지를 몇 번이나 돋우고 홍게닭이 몇 번이나 울어서 졸음이 오면 아릇목싸움 자리싸움을 하며 히드득거리다 잠이 든다. 그래서는 문창에 텅납새의 그림자가 치는 아츰 시누이 동세들이 육적하니 흥성거리는 부엌으론 샛문 틈으로 장지문 틈으로 무이징게 국을 끓이는 맛있는 내음새가 올라오도록 잔다.

위 시에서 '곬'은 현대어로는 '골'로, 골짜기를 뜻한다. 따라서 여우가 나타나는 골짜기가 '여우난곬족'이다. 여우가 나타나는 깊은 산골짜기, 현대 문명이 아직 들어오지 못한 낙후된 산골짜기가 곧 백석의 '진할머니'네다. 골은 두 가지 뜻을 갖고 있다. 깊다는 뜻과 뒤떨어졌다는 뜻이 그것이다. 그만큼 전통적인 문화가 그대로 살아 있고, 자연 그대로의 모습이나 사람의 정이 살아 있는 곳이다.

이런 골짜기의 의미가 오늘날 도시에서는 뒷골목이 됐다. 거리와는 달리 작고 누추한 곳이 뒤에 처진 골목이다. 강남 로데오 거리나 광화문 네거리는 골목이 아니다. 대로에서 벗어난 곳, 더욱이는 들어가면 끝에 이르는 꽉 막힌 곳이다. 오늘날 그곳은 위험한 곳이 됐다. 이제 골목은 미로가 되었다. 도시의 골목은 한번 들어가면 빠져나올 수 없는 미궁이다. 이상의 시 「오감도 제1호」에 그와 같은 정서가 잘 나타나 있다.

> 13人의아해兒孩가도로道路로질주疾走하오.
> (길은막다른골목길이적당適當하오.)
> 제第1의아해兒孩가무섭다고그리오.
> 제第2의아해兒孩도무섭다고그리오.
> 제第3의아해兒孩도무섭다고그리오.
> 제第4의아해兒孩도무섭다고그리오.
> 제第5의아해兒孩도무섭다고그리오.

제第6의아해兒孩도무섭다고그리오.
제第7의아해兒孩도무섭다고그리오.
제第8의아해兒孩도무섭다고그리오.
제第9의아해兒孩도무섭다고그리오.
제第10의아해兒孩도무섭다고그리오.
제第11의아해兒孩가무섭다고그리오.
제第12의아해兒孩도무섭다고그리오.
제第13의아해兒孩도무섭다고그리오.
13인의아해兒孩는무서운아해兒孩와무서워하는아해兒孩와
그렇게뿐이모였소.
(다른사정事情은없는것이차라리나았소.)
그중中에1인人의아해兒孩가무서운아해兒孩라도좋소.
그중中에2인人의아해兒孩가무서운아해兒孩라도좋소.
그중中에2인人의아해兒孩가무서워하는아해兒孩라도좋소.
그중中에1인人의아해兒孩가무서워하는아해兒孩라도좋소.
(길은뚫린골목이라도적당適當하오.)
13人의아해兒孩가도로道路로질주疾走하지아니하여도좋소.

막다른 골목에는 무서운 아이와 무서워하는 아이가 있다. 그 아이는 무서워서 질주 본능이 있지만 그 골목에서는 아무리 질주해도 닿지 못한다. 따라서 도시의 골목에는 무서운 아이와 무서워하는 아이가 있다. 도시가 거대해지면서부터 골목은 막다른 곳이 됐으며 무서운 곳이 됐다. 그 막다른 골목은 막힌 골목이 아니라 미궁이다. 한번 들어가면 빠져나올 수 없는 길이다. 골목은 질주하려는 욕망을 가진 이들에게는 무서운 곳이며 무서워해야 하는 곳이다. 거기에는 무수히 많은 욕망의 발자국이 엇갈린다.

이제 본래의 골목을 되찾자!

'골'은 '골'에서 왔다. 그리고 그 골은 '실곤'의 '실'이나 '곡(谷)'의 뜻을 갖고 있다. '시골'의 골이나 '감골'·'실건'·'달실'에서 '실'은 마을이나 크다, 라는 뜻인데, 집단, 촌락을 의미한다. 사람들이 모여 사는 마을이 곧 골이다. 그러므로 골짜기에서는 사람 냄새가 난다.

『도덕경』 6장에 "곡신(谷神)은 불사(不死)이니 시위(是謂) 현빈(玄牝)이라" 했다. 여기에서 곡(谷)은 곡(穀)이다. 풍요로움을 뜻한다. 골짜기는 모든 물을 받아들이는 그릇과 같다. 그래서 현빈(玄牝)이다. 현빈은 말 그대로 오묘한 여성이므로, 만물을 생성하는 어머니다. 사람이 사는 골짜기는 만물을 생성하는 힘이 모인 곳이다.

나만의 조용한 산책길을 만들기 위해서는 골목을 살려야 한다. 도시에서 골목이 살아나면 삶은 풍요로워진다. 터벅터벅, 내 발걸음 소리가 메아리로 대문을 두드리고, 그 소리가 내 귀에서 부드러운 화음이 될 때 나는 행복을 느낀다.

더욱이 한낮의 골목은 작은 벌레들의 세상이기도 하다. 어디에서 날아왔는지 여치며 귀뚜라미, 쓰르라미 들이 툭, 툭, 튀어 오르고, 까치나 찌르레기, 곤줄박이, 박새 들도 골목에서 자라는 배추나 무가 내려다보이는 감나무, 목련나무에 자리를 잡는다. 어느 땐 가는 상추 화분에서 청개구리를 발견하고는 한나절을 그 녀석을 관찰하느라고 보낸 적도 있다. 새나 풀, 나무를 바라보고 있으면 치열한 경쟁으로 얼룩진 도시에서 벗어나 있는 듯한 착각에 빠져 잠시라도 자신을 내려놓을 수 있다.

까마귀나 청개구리, 그 녀석들이 얼마나 고요하게 좌선을 하는지!

가만히 바라보고 있으면 그 녀석들이 이 우주의 중심인 듯 여겨진다. 정신줄을 놓고 있다 보면 그 청개구리의 침묵에 감염되어 한나절을 묵상한 때도 있었다.

옴!

우주는 청개구리 한 마리의 숨으로 운행된다. 날숨에서는 움츠리고 들숨에서는 팽창한다. 들숨으로 자연을 빨아들이고 날숨으로 내 안을 뱉는다.

골목 집 대문 앞

상추 이파리 위
청개구리 한 마리
고요에 들었네

깊은 숨은 쉼이며, 쉼에서 노래가 나오고, 그 노래가 언어를 만나면 시가 된다. 그리고 그 노래는 청개구리를 춤추게 한다.

11

한눈팔기

현대를 살아가는 우리는 모두 관계로 얽혀 있다. 관계는 사슬과 같아서 눈을 뜨고 숨만 쉬어도 관계의 틀에 갇힌다. '너는 어디 사니?' '어느 지방 사람이야?' '학교는 어디 나왔어?' '그 사람, 잘 알아?' 관계는 나를 가둔다. 누구든지 나를 알기 위해서 직접적으로 나를 바라보지 않는다. 타인은 나와 관계된 것들을 통해서 나를 본다. 나는 그의 머릿속에 입력된 관계의 프레임 안에 거주한다. 그리고 그 관계 안에서 나는 생각하고 행동한다. 어딜 가나 나는 관계의 한 항(項)이다. 나를 둘러싼 관계는 나의 자오선이 되어 나를 재우고 일으킨다. 나는 그 관계의 감옥 속 수인(囚人)이다. 이 관계의 틀이 좁으면 좁을수록 나는 위험에 노출된다. 오죽하면 소로가 직장을 감옥이라 했고, 서머싯 몸은 학교를 모욕이라고 했겠는가. 학교나 직장에 속해 있는 나는 타인의 감옥 속 수인이다. 타인의 인식 함수 안에 갇히게 하는 제도는 내 삶의 감옥이다. 나쓰메 소세키가 「한눈팔기」에서 한 말을 보자.

> "남의 일이 아니야, 자네도. 사실 나도 청춘 시절을 완전히 감옥 속에서 보냈으니까."
> 청년은 놀란 표정을 지었다.
> "감옥이라니요? 무슨 말씀이십니까?"
> "학교. 그리고 도서관. 생각하면 둘 다 감옥 같은 곳이지."

태어나는 순간 우리는 관계의 감옥에서 살아가게 된다. 누구의 아이이며, 어느 학교 출신이며, 어느 직장의 직원이다. 그 틀에서 벗어나는 순간 사회에서의 죽음이 기다린다. 카프카의 「변신」에서 그레고르 잠자는 회사원으로서 자신의 직업을 잃는 순간 인간에서 제외된다. 회사원이 될 수 없게 되면서 그는 그냥 벌레가 되었다. 그래서 그는 가족으로부터도 외면당하고 만다. 결국 그를 기다리는 건 죽음뿐이다.

태어나는 순간, 우리는 타인의 지옥에서 몸부림친다. 그 타인이 곧 사회이며 제도다. 우리는 제도의 감옥에서 벗어나지 못한다. 그 감옥에서 오래 버티기 위해서는 몸과 마음으로 타인에게 정성을 다해야 한다. 틀에 짜인 생활을 위해서 몸과 마음에 규칙을 부여해야 하고, 감옥의 생리에 맞춰야 한다. 그렇게 하더라도 감옥에서 오래 버티기란 쉽지 않다. 만일 그곳에서 살아남으려면 숨처럼 들이쉴 때 긴장하고 내쉴 때 이완해야 겨우 목숨만이라도 부지할 수 있다. 그래서 조이고 풀고 조이고 풀고를 반복하는 삶이 우리의 생활이다. 들이쉰 숨은 날숨으로 풀어줘야 한다. 날숨의 이완이 없다면 우리는 숨이 막히고 말 것이다.

그 이완이 곧 한눈팔기다.

한눈팔기, 그것은 정상적인 삶의 테두리에서 벗어나기다. 길에서 벗어나기, 타인의 눈에서 벗어나기, 사회적인 관계의 틀에서 벗어나기, 궁극적으로는 현실의 나에게서 벗어나기가 한눈팔기다. 이러한 한눈팔기는 예외자 되기다. 법이나 제도의 보호를 받지 못하는 사람이 예외자다. 그는 파문당한 자다. 예외자에는 저항하는 천재가 있다. 하지만 이 사람은 또 다른 수인일 뿐이다. 감옥에 저항하는 자는 저항하고자 하는, 천재적인, 또 다른 세계를 발견하려는 자여서 그만큼 철저히 그 관계의 틀에 얽매여 있다. 그의 저항은 감옥의 틀을 전제로 하기 때문이다.

그러므로 한눈팔기는 바보가 되는 일이다.

이 바보는 결함으로서의 바보가 아니라 현실의 나에게서 떠나고, 제도권에서 열외 된다. 그는 벗어나려는 의식도 없이, 너와 나라는 의식 자체조차도 모르고 자신을 내려놓는다. '나'는 누구인지, 어디에 있는지, 어디로 가는지도 잊어버린 채 자신을 비워버린다. 오쇼는 뭔가 집중해서 해보려는 의지는 번뇌의 가장 큰 원인이라고 했다. 양 무제가 달마 대사에게 "지금 나와 마주하고 있는 그대는 누구인가?"라고 물을 때 달마는 "모른다.(不識)"라고 대답했다. 그는 '나'라고 할 것이 없다는 것을 말하고 싶었던 것이다. 나를 내려놓았는데 '나'를 알 수 있겠는가. 말도 안 되는 말, 내가 누군지 모르는 마음이 곧 한눈팔기다.

너도 없고 나도 없는 시공간으로 잠깐 들어가 보자. 거기에는 타인의 지옥도 없고, 나라고 하는 고집스런 에고도 없으며, 어떤 보호막도 없는, 한 데서 홀로 걷는 자유인이 한눈파는 길 위에 있다. 그런데 의외로 한눈을 파는 순간 저만치 만산홍엽이 그대로 눈에 꽉 찬다. 또박또박 걷는 길 위에서 언뜻 누군가 말을 건다.

어이, 거기, 아침은 했는가?

돌아보면 조릿대 숲이 우거진 산길이다. 거기에는 인적이 없다. 그때 자신 안의 누군가 답한다.

그대의 길 위에 드네.

이파리들이 찰랑찰랑, 구름은 머물렀다가 가고, 바람은 다가와 몸을 부비며 아는 체를 한다. 나도 모르게 피식, 웃음이 나온다. 걷는 발걸음이 가볍고 숨은 고요해진다. 나는 또 다른 세계에 와 있다.

제3부

시

1
몇 개의 단어들 2

허(虛)

'허'는 순우리말로는 '뷔다'이며, 고대 우리 발음으로는 '꺼'이며, 중국어 발음으로는 '쉬', 베트남어로는 '흐', 일본어로는 '가라'다. 순우리말 '바다'라는 말도 여기에서 나왔다. 『설문해자』에서는 아홉 집마다 우물 한 개를 팠는데 그곳을 구(丘)라고 했다. 그리고 우물 네 개가 모인 곳을 허(虛)라고 했다. 이때 허는 넓은 터(墟)라는 뜻이며, 소리는 호(虍)에서 온다.

『도덕경』 5장에 "천지지간(天地之間)은 기유타약호(其猶타籥乎)라. 허이불굴(虛而不屈)하여 동이유출(動而愈出)"이라는 표현이 있다. 여기에서 허(虛)는 빔으로 4장의 '충(沖)'에 해당하며, 빈 공간으로서의 허(墟)이기도 하다. 따라서 빔은 풀무(타, 籥)와 같아서 무궁무진하게 생성할 수 있는 공간, 혹은 그러한 관념이다. 3장에서도 허

(虛)를 도(道)와 같은 것으로 보고, 넘치지 않고 고요하고 한없이 깊은 마음이어서 속이 충만하다는 뜻으로 쓰고 있다. 그것은 오직 욕심 없음(無欲), 하지 않음(無爲)에서 온다. 허(虛)는 도(道)이며, 하늘의 신(神)보다도 앞선다.

이를 『장자』 '인간세'에서는 다음과 같이 해석한다.

> 안회가 말했다. "심재(心齋)를 실천하여 제 자신이 더 이상 존재하지 않게 되는 것, 이것을 '비움(虛)이라고 하는 것입니까?"
>
> "바로 그렇다." 공자가 말했다.

『장자』에서 마음 비움(心齋)은 내려놓음이다. 마음을 굶겨 마음에서 아무 욕망이 생겨나지 않는 상태를 이른다. 이는 예수가 말한, 마음이 가난한 자의 내면일 것이다. 이는 또한 『금강경』 제3분의 '아상, 인상, 중생상을 버려야 보살이라 할 수 있다'는, 나를 버림, 혹은 비움을 지칭한다.

광장(廣場)

광(廣)은 벽이 터진 집인 호(广)에 황(黃)이 들어 있다. 따라서 광(廣)은 들판이나 공터처럼 사방이 툭 터짐을 뜻한다.

광장은 길이 모인 곳이다. 길이 모인다는 것은 길을 통해 모든 사람들이 모인다는 뜻이다. 즉 개방성을 상징한다. 이는 시장과 흡사하다. 시장으로 모든 사람들이 모이는 것처럼 광장으로도 갖가지 것들이 모인다. 여기에는 서로 다른 인종, 직업, 색깔, 세대, 심지어 쓰레기 들이 모인다. 따라서 광장의 언어는 바빌론의 언어처럼 세계의 모든 말들이 모인다. 여기에 모인 언어에는 사람의 언어만이 아니다. 소리가 모이듯이 비둘기의 언어, 쥐들의 언어, 그리고 바람의 언어가 모인다. 시간의 언어, 공간의 언어가 모인다. 그래서 안나 제거스는『통과 비자』에서 다음과 같이 말한다.

> 광장은 텅 비어 있었다. 신문 가판점과 얼어붙은 나무들이 서 있긴 했지만, 광장을 가득 채우고 있는 것은 헤아릴 수 없는 텅 빈 공허만이 아니라 헤아릴 수 없는 무한의 시간인 듯했다. 먼지와 뒤섞인 바람이 엄청난 양의 시간 더미들을 쓸어다 켜켜이 쌓아놓고 있는 것 같았다.

광장은 온갖 삶이 모인 곳이기도 하지만 또한 '엄청난 시간의 더미'가 모인 곳이기도 하다. 색깔과 소리와 모든 형태가 모이는 곳이 광장이다. 무엇보다도 광장은 바흐친이 언급한 다중 언어가 모이는 곳이다. 대중 언어는 말할 것도 없고 소수의 언어, 가끔은 소멸 위기에 모인 언어까지도 모이는 곳이 광장이다. 여기에서는 어떤 언어도 번역이 필요하지 않다. 다중 언어에는 다중 문법이 어떤 규칙 없이 끼어든다. 그곳에서 언어는 끊임없이 생성되고 소멸되며 혼합된다. 광장은 혼혈의 무대이며 시간이 흘러가는 곳이다.

바빌론이 아니었다면 유대인의 언어가 세계로 나아갈 수 있었을까? 시련은 또 다른 길을 만든다. 모든 시련은 광장으로 모인다. 그리고 그 시련은 여러 방향으로 흩어져 꽃피운다.

광장은 도시의 숨이다. 나를 풀어버리고 나 아닌 척 타인과 섞일 수 있는 곳이 바로 광장이다. 그곳은 열린 공간이다.

불안(不安)

불안은 속도 위반이다. 그것은 우리의 머릿속 계산기가 정상적인 속도보다 훨씬 빠를 때 나타나는 감정적 불규칙성에서 온다. 사건은 항상 행위 뒤에 도착한다. 하지만 우리의 머릿속은 그 사건보다 먼저 예측하여 시공간의 좌표를 세심하게 맞춰놓는다. 그렇지만 그 좌표는 실제의 좌표가 아니기 때문에 마음은 불안이라는 가정에 휩싸인다. 여기에 리듬의 불협화음이 생긴다. 이때 발생하는 증상이 불안이다.

불안은 순우리말 '걱정'에서 온다. 걱정은 우랄알타이어 계열의 투르크어 '걱뎡(kəktyəŋ)'에서 왔다. 걱정은 '지나치게 세심하다'는 뜻이다. 뇌가 아직 정상적으로 인지하지 못하고 있는데 감정이 먼저 작용하여 몸이 반응을 한다. 프로이트가 쓴 독일어로는 angst, 영어로는 anxiety인데, '막히는, 목메는'을 뜻하는 라틴어 angor에서 왔다. 이 말은 고뇌, 혹은 번민이란 뜻이다.

불안에 빠지면 우선 숨이 가빠지고 정신이 혼미해진다. 가빠진

숨을 돌리기 위해서는 먼저 몸의 리듬을 순화시켜야 한다. 몸의 리듬은 마음의 리듬을 조율한다. 숨을 깊이 천천히 쉬어야만 본래의 몸과 마음의 리듬을 회복할 수 있다. 자연은 느리게 흘러간다. 그리고 전혀 타인의 눈치를 보지 않는다. 자연을 따라 느리게 아무 생각 없이 몸의 리듬을 되찾아야 한다. 서두르는 순간 불안은 우리에게 파고든다.

2
몸은 자연의 악기다

밀란 쿤데라는 음악이 우리의 영혼을 해방시켜준다고 했다. 우리의 일상으로부터, 몸으로부터.

우주가 거대한 소리통이듯이 우리 몸은 마음의 소리통이다. 우리 몸 안의 소리들은 우주의 모든 소리를 함축하고 있다. 따라서 우리는 몸의 소리를 들어야 한다. 몸은 리듬을 탄다. 그 리듬은 지구나 태양, 우주의 운행과 조화를 이룬다. 우리 몸은 피가 돌아가는 소리, 물이 흐르는 소리, 혹은 신경계가 전달되는 소리 등 온갖 소리를 낸다. 이 소리들은 다양한 색채를 갖고 있어서 옥타브 너머에까지 미친다. 몸은 정상적인 리듬을 만들어내지만 때로는 불협화음을 만들어내기도 한다. 정상적인 리듬을 만들어낼 때 몸은 가볍고 호흡은 느리며 마음은 편안하다. 하지만 그렇지 않을 경우 불협화음이 일어난다. 불협화음은 본래의 마음을 망가뜨린다. 감정이 요동치거나 몸이 위험에 노출될 경우 불협화음은 일시적으로 몸의 리듬을 깨뜨려 마음이 안정을 찾지 못한다. 그때 순간적으로 환각에 쌓일 수 있다. 우리가 술에 취한 다음 날 가슴은 두근거리고 머리는 깨질 것처럼 아프고 어지럼증이 일어나 불안에 빠진다. 심하면 환각에 빠진다. 이는 몸이 정상 리듬에서 벗어나 무의식이 환각을 불러온 데서 기인한다. 이때 헛것이 보이고 헛소리를 들으며 체온은 정상에서 벗어난다.

몸에서 일어나는 불협화음에 집착하면 환청이 들린다. 그것은 마음이 만들어내는 헛소리다. 악기는 악기를 다루는 자의 기술에 달려 있다. 우리의 몸은 우주라는 악기의 한 현이다. 우리가 불협화음을 내면 우주가 끼이익, 우당탕탕 소리를 낸다. 그때 우주는 순간적으로 제 리듬을 잃고 불협화음이 일어난다. 그 불협화음을 소화할 수 없을 때 마음은 블랙홀의 위험에 빠진다. 몸이 우주의 소리통이라면 마음은 소리통의 조율사다. 내 몸은 우주의 화음을 유지하는 하나의 현이다. 그러므로 우리는 어떤 불협화음도 소화할 수 있는 현의 연주자가 되어야 한다. 소리통은 연주자의 능력에 따라 소리를 낸다. 연주자가 능력이 있으면 소리통이 크면 클수록 울림 또한 크다. 외젠 이오네스코가 「외로운 남자」에서 한 얘기를 보자.

> 나는 망치, 굴착기, 자동차, 전기톱, 기계 소리를 길들인다. 다

> 시 말해 듣지 않으려고도, 원망하려고도, 대항하려고도 애쓰지 않는다. 그저 그 소리를 주의 깊게 듣는다. 그렇게 하면 실제의 음악처럼 청각적 흥미가 가득한 일종의 소리의 풍경이 구성된다.

마음은 다양한 소리를 자신의 악기로 흡수할 수 있도록 조율할 수 있다. 그렇지 못할 경우 몸과 마음의 리듬은 불협화음 속으로 빨려 들어가고 만다. 우리의 마음은 조율사이며 지휘자다. 그리고 그 지휘자는 곧 몸의 호흡을 조율한다. 그 반대의 경우도 같다. 불협화음이 들어왔을 때 호흡은 바로 제 리듬을 찾게 해주는 마음의 조율사이며 지휘자다. 그 호흡은 자연의 소리를 받아들이면서 몸을 자연의 리듬에 맞게 조율한다. 소로는 자신을 자연의 소리에 맞추려고 했다. 그래서 맥박에서 자연의 소리를 들었다. 그가 병을 앓았을 때에는 자연이 소리를 내 그를 일으켜 세워주었다. 호흡은 자연의 리듬이며, 또한 호흡은 몸과 마음을 이어주는 끈이다.

우리 몸은 자연의 악기다. 그러므로 우리는 자연이 우리를 연주하도록 몸을 자연에 맡겨야 한다. 귀를 열고 눈을 열고, 모든 감각을 열어두고 자연의 소리나 감각을 흡수해야 한다. 자연은 우주의 리듬을 따르며, 오케스트라의 제1의 악기다. 자연의 호흡은 느리고 깊다. 우리가 깊이 들이쉬고 천천히 내쉬는 호흡은 자연의 리듬을 되찾기 위함이다. 자연은 절대 서두르지 않는다. 폭풍우가 와도 눈보라가 쳐도, 그것은 거대한 콘서트의 한 소절일 뿐이다. 그런 리듬 바로 뒤에 화창한 날이 온다. 몸이 병들고 감각이 혼란스러우면, 그것은 한 소절의 요동치는 리듬이다. 마음은 몸의 불협화음을 이해하고 조율할 수 있어야 한다. 숨으로 몸이 자연의 리듬을 찾도록 조율해야 한다.

그러므로 소리통을 키우자. 어떤 리듬이나 불협화음도 소화할 수 있는 소리통을 갖자. 침묵이라는 용광로 속으로 몸이나 감각의 불협화음을 천천히 받아들이자. 그러면 몸이나 감각은 알레그로의 편안한 리듬을 찾는다. 라르고일 수도 있다. 그때 마음은 모든 감각을 받아들인다. 그리고 그 소리들을 잠재운다. 콘라드 죄르지의 『방문객』 한 단락을 읽어보자.

> 한꺼번에 온갖 사물들이 소리를 내면 어떨까, 하고 나는 이따금 상상해 본다. 서류에서는 이루 형언할 수 없는 소리들이 홍수처럼 밀려올 것이다. 아이들의 울음소리, 여자들의 신음소리, 때리는 소리, 추잡한 욕설, 불평, 반박, 쌀쌀한 부탁, 싱거운 자백, 거짓 증언, 관료들의 형식주의, 허풍스럽게 너털웃음을 짓는 경찰관의 목소리, 빠른 말투로 판결을 내리는 재판관의 목소리, 여자 감독관의 꿈꾸는 듯한 중얼거림, 심리학자의 주문(呪文), 동료들의 짓궂은 농담, 나의 고독한 고함소리, 그 밖의 온갖 잡다한 소리가 마치 이 세상의 모든 라디오 방송국이 한꺼번에 방송을 시작한 것처럼 방 안에 흘러 넘쳐, 급기야는 누렇게 바랜 서류들이 캐비닛의 무의미한 고요 속에서 잠들어 있듯이, 그 모든 소리가 정말로 무의미한 소리의 집단으로 융화될 것이다.

이 소리는 백색 소음이다. 모든 소리는 마음에서 만들어진다. 마음은 소리의 근원이다. 귀로 소리를 듣는 게 아니라 먼저 마음으로 소리를 듣는다. 모든 감각은 마음의 작용이다. 소리는 마음으로 들어오는 순간 색깔을 갖는다. 그 색깔에 따라 마음이 움직인다. 그러므로 마음을 평정하게 하려면 감각을 최소화해야 한다. 그래야 몸이 제 리듬을 찾는다. 감각은 마음의 작용이기 때문이다. 막상스 페르민의 『눈』을 읽어보자.

> 어떻게 흰빛을 그릴 것인가? 젊은 여자를 그린 그림들은 모두 아름다웠지만 전혀 네에주를 닮지 않았다. (…) "특히 장님이 되신 후, 쉬지 않고 그녀를 그리고 그리셨네. 가장 어두운 곳에서 선생은 흰빛을 그렸네. 순수함을 발견했네. (…) 빛의 부재에서 출발하여 빛의 미세한 차이들을 그리시게 되었네."

감각은 환각을 불러올 수 있다. 감각에 의존하는 삶은 우리로 하여금 헛것에 끌려다니게 한다. 감각은 거짓말을 한다. 그것은 자연의 리듬을 속일 수 있다. 그 속임수에 넘어가지 않으려면 공기를 천천히 들이쉬고 아주 천천히 내쉬자. 그리하여 자연이 우리를 연주하도록 하자. 우리는 자연의 악기이므로. 연주를 잘하기 위해서는 자연의 소리에 귀 기울일 줄 알아야 한다. 기계음이나 전자음으로 인한 난청에서 벗어나야 자연의 소리가 들린다. 몸이 내는 심장박동에 귀 기울이자. 그 리듬은 음악이면서 우주의 언어다. 자연과 내가 서로 한 몸이 되어야 소리가 잘 들리고 연주의 리듬에 잘 맞출 수 있다. 다음은 린 울만이 그의 소설『불안』에서 한 말이다.

> 아버지는 어머니가 당신의 스트라디바리우스라는 말을 자주 했다. 그 말은 이런 뜻이다. 풍부하고 꽉 찬 음색을 내는 최상의 악기. 어머니는 이 말을 가슴 깊이 간직하고 늘 들려주었다. 네 아버지는 내가 자신의 스트라디바리우스라고 했어.
>
> 그녀는 내 바이올린.
>
> 나는 그의 바이올린.

사랑은 화음에서 온다. 네가 나를 연주하고 나는 너를 연주하며 서로의 소리에 귀 기울이며 화음을 이루는 게 사랑이다. 우리 모두는 자연이 연주하는 오케스트라의 한 단원이다. 자연이 우리를 잘 연주할 수 있도록 우리는 자연의 리듬에 귀 기울여야 한다.

3

겨울나무

딸　　아빠, 나무는 어떻게 숨을 쉬어?

아빠　이파리로, 줄기로 쉬지.

딸　　지금은 이파리를 다 떨구었잖아. 그럼 숨을 안 쉬는 거야?

아빠　아니.

딸　　이파리가 하나도 없잖아.

아빠　추워지면 나무는 줄기로 천천히 가늘게 숨을 쉬어.

딸　　겨울잠을 자는 거네.

아빠　그래.

딸　　그럼 곰처럼 동굴 같은 데 가서 누워 자지 않아? 너무 춥잖아.

아빠　겨울나무는 성자란다.

딸　　성자가 뭐야?

아빠　옷이나 음식을 다 남에게 내주는 사람이지. 자신은 헐벗고,

먹는 것도 거의 없어.

딸　내가 먹을 것을 남에게 주고 옷도 남에게 벗어주고…… 그런 사람?

아빠　응.

딸　그러다 겨울이 지났는데도 깨어나지 못하면 어떻게 해?

아빠　겨울나무는 시간을 건너는 거야.

딸　시간을 어떻게 건너?

아빠　숨도 거의 쉬지 않고 서서 자면서 자신이 얼마나 잘 견디나 시간을 보내는 거지.

딸　그러다 못 깨어날 수도 있어?

아빠　그럼. 나목(裸木)이라는 게 있어. 시간을 건너다가 자신도 모르게 깨어날 시간을 잊어버린 나무가 있어.

딸　그럼 철학자네.

아빠　너, 철학자가 뭔지 알아?

딸　몰라. 우리 선생님이 소크라테스나 예수는 죽음을 건넜다고 했어. 그 사람들이 철학자들이래.

아빠　너, 그 노래 알아? 〈겨울나무〉

딸　불러봐!

아빠　나무야 나무야 겨울나무야 눈 쌓인 응달에 외로이 서서 아무도 찾지 않는 추운 겨울을 바람 따라 휘파람만 불고 있느냐.

딸　들어봤어.

아빠 추위를 견디며 홀로 응달에 서서 휘파람을 불고 있는 나무가 바로 철학자란다. 나목은 제 옷을 다 벗어서 남에게 주워 버린 거야. 그리고 깨어나지 못해서 봄이 됐는데도 이파리도 없이 꿋꿋이 서서 모든 계절을 견디는 거야.

딸 태백산에 가면 하얀 고목이 많대. 그 나무들은 모두 죽었대.

아빠 살아서 천 년, 죽어서 천 년 가는 나무가 있어.

딸 어떤 나문데?

아빠 주목(朱木)이라는 나무야.

딸 죽어도 죽은 게 아니겠네.

아빠 그래. 그 나무들은 어떻게 살아갈 것인가를 생각하는 게 아니라 어떻게 죽을 것인가를 생각하는 것이지.(아빠는 〈나목〉 노래를 흥얼거린다.)

딸 죽었는데 어떻게 죽음을 생각해?

아빠 그러니까 쓰러지지 않고 서 있겠지. 어떤 나무들은 누워서 죽음을 맞이하기도 해.

딸 (고개를 갸웃, 하면서)죽음을 생각하고 쓰러지지 않는다고?

아빠 응.

딸 그래서 이야기가 되고 노래가 되는 거구나.

아빠 신화나 전설이 되는 거지.

딸 누운 나무들은 그것도 모른 건가.

아빠 아냐. 그 나무들은 땅으로 돌아가고 싶어 해. 또 다른 자연이 되는 거지.

딸　　또 다른 자연…….

그들을 둘러싸고 있는 나무들은 말이 없다. 찬바람이 두 사람의 어깨 위로 분다. 딸이 아빠의 팔짱을 끼면서 "아빠, 바람이 너무 차!" 한다. 나무들은 부드럽게 몸을 흔들며 바람이 부는 대로 천천히 흔들린다. 소리가 쏴, 쏴, 그들을 감고 돈다. 아빠는 혼잣말처럼 "겨울나무는 젠체하지 않아."라고 혼자 중얼거린다.

딸　　우리, 나무 이름을 불러주자.

아빠　그래. 나무들이 좋아할 거야.

딸　　잠을 자면서도 들을 수 있을까?

아빠　그럼.

딸　　시간의 향기가 나!

아빠　뭔 말이야?

딸　　나도 몰라. 도서관에서 본 책 이름이야.

아빠　나무는 절대 자기 주장을 하지 않아.

딸　　무슨 말인데?

아빠　나도 몰라.

딸　　프란체스코 교황이 "하느님은 우리 가운데 가장 악인까지도 사랑하신다."고 했어.

아빠　…….

4

머무름의 향기

잘 다니는 옛길이 있다. 아파트에서 나와 큰길을 건너면 동사무소가 나오고, 거기에서 샛길로 들어서면 마트가 나오고 문방구와 약국, 세탁방이 나온다. 그리고 왼쪽으로 꺾어 단독주택들이 있는 동네의 사이 길을 따라 십여 분을 조금 숨이 가쁘게 오르면 언덕이다. 그곳에서부터 산책길이 펼쳐진다. 길을 따라 한참 가다 보면 운동기구들이 설치되어 있다. 이곳에는 늘 몇 사람들이 몸을 단련한다. 그곳을 지나 다시 이십여 분을 더 오르락내리락 걸으면 인기척이 없는 숲이 나온다. 이곳에서부터 길은 희미해지고 조릿대나무들이 우거지고 잔솔들이 푸르게 무릎에 닿는다. 길은 푸른 이끼들이 덮었고 부서진 돌들이 깔려 있다. 그 길을 따라 다시 한 십여 분을 걸어가면 조그만 바위가 나온다. 그곳은 내가 늘 머무르는 자리다. 그래서 나는 이곳에을 '좌선암'이라는 이름을 붙여주었다.

나는 바위에 올라앉아 편안하게 앉기도 하고 눕기도 한다. 거기에서 내려다보이는 아래에는 쓰러져가는 폐가가 있다. 넝쿨들이 집을 허물고 이끼들이 사람 냄새를 지우는 집이다. 잡목들이 집을 빙 둘러싸고 있어서 집은 나무들에 묻혀 있다. 나는 그 집을 내려다보면서 숨을 가라앉히고 몸을 축 늘어뜨린다. 그리고 그 집에 몰두한다. 삿된 생각들이 하나둘 떠오르는 대로 두면 그 생각들이 왔다가 가고 갔다가 다시 온다. 누가 살았을까, 그 사람들은 어디로 갔을까, 사는 동안은 어떠했을까, 사람들의 성격은, 몸은, 가족은 서로 사랑했을까……. 결국에는 피식, 웃음이 나온다. 그렇고는 그렇게고, 결국은 결국이다. 자연으로 돌아가는 게 인간의 운명이지 않는가. 한병철은 지속하는 사물에서 시간의 향기가 난다고 했다.

> 사색적 머무름은 지속하는 사물을 전제한다. 빠르게 연속되는 사건이나 이미지들에 오래 머물러 있는 것은 불가능하다. 이러한 전제 조건을 충족시키는 것은 무엇보다도 하이데거가 말하는 '사물'이다.

인간으로서의 나를 내려놓는 일이야말로 궁극의 길이지 않으면 안 된다. 저 옛집처럼 나도 결국 자연, 사물로 돌아가야 한다. 이런 생각에 이르면 이완된 몸과 함께 나라고 하는 에고를 버릴 수 있다. 감은 듯 뜬 눈을 내리깔고 들숨과 날숨을 깊고 오래 지속한다. 그러면 집도 잊고 나도 잊는다. 한 삼십여 분 그렇게 앉아 있다가 숨도 잊은 채 눕는다. 하늘이 나를 덮고 바위가 나를 떠받친다. 잠이 들어도 좋다. 바람이 깨워주거나 새들이 말을 걸어올 테니까. 가끔은 나무에서 이파리가 날아와 얼굴을 툭, 치기도 한다.

눈 떠!

내려갈 때 됐어!

나는 천천히 눈을 뜨고 옛집을 머릿속에 가득 넣은 채 세상 속으로 돌아간다. 나는 옛집이다. 조급한 세상 속에서 살아가다가 가끔 이렇게 나를 내려놓을 수 있는 곳을 찾는 일은 나의 삶에 활력을 준다. 노자의『도덕경』에 조급하면 마음이 발광한다고 했다.

> 달리고 달리는 사냥은 사람을 미치게 하므로 깨달은 자는 자신을 텅 비우고 감각에 치우치지 않는다.(馳騁田獵 聖人爲腹 不爲目)

눈코 뜰 새 없이 살아가는 세상에서 옛길을 찾아가는 일은 샛길에서 허덕이는 나에게 바른 길, 느리게 살아가는 길을 찾게 해준다. 사람은 본래의 나를 회복해야만 살아가는 의미를 알게 되고 건강하게 살 수 있다. 본래의 나는 누구인가. 자연인이다. 그는 자연 속에서 나무들과 바위와 강물, 구름, 새와 함께 사는 존재다. 이를 나쓰메 소세키는 "즉천거사(則天去私)"라고 했다. 나를 버리고 자연을 따른다는 뜻이다. '나'를 고집하는 순간 나는 온갖 욕망의 노예가 된다. 나도 자연의 일부임을 느낄 때 본래의 내가 보인다.

다시 노자의 『도덕경』으로 돌아가 보자. 제16장을 보면, 주관을 끊고 사욕을 버려 마음이 비면 만물이 근원으로 돌아가 고요함에 이른다. 치허극(致虛極)하여 수정독(守靜篤)하는 것은 각귀기근(各歸其根)하니 귀근왈정(歸根曰靜)이라. 나에게서 떠나 자연의 고요함에 묻히는 것은 결국 본래의 나에게 이르는 길이다. 나는 옛집의 한 식구였다. 내 삶은 그 옛집을 다시 찾는 일이다.

옴 마니 밧메 훔!

대로가 아닌, 옛길을 걸으면 옛사람들이 떠오르고, 옛말들이 다가온다. 그 길은 느린 길이며 명상의 길이다. 바쁜 나를 내려놓는 길, 옛사람을 생각나게 하는 길은 지워져가는 길이며 구불구불 느린 길이다. 그 길에서 세상을 잘 몰랐던 나, 바보같이 순진했던 나를 만난다. 거기에서 잠시 머물러 횡격막이 아래로 쭉 내려가도록 공기를 들이켜본다. 숨에 집중해서 깜박 자신을 잊어본다. 세상이 느릿느릿 흘러간다. 시간조차도 머무른다. 소설가 윌리엄 포크너는 『내가 죽어 누워 있을 때』에서 인간은 머물러 있도록 운명 지어졌다고 했다.

> 사람이란 나무나 옥수수처럼 한곳에 머무르도록 만들어졌다. 만약 사람이 계속 움직여야 하고 어딘가로 떠나야 한다면 하느

님은 사람을 뱀처럼 길바닥에 쭉 뻗어 기어 다니는 모양으로 만
들어야 한다.

옛길을 찾는 일은 머무름의 철학에 빠지는 일이다. 속도의 전쟁 속에서 살아가는 현대인에게 머무름은 자아를 찾는 명상의 시간 속에 몸과 마음을 담그는 일이다. 잠시 속도에서 벗어나 샛길로 들어서면 거기에 옛집이 있고, 그 속에 사는 어린아이인 내가 있다. 나의 궁극의 집이 있다.

나는 자연인이다!

5
커피를 쏟지 않는 법

나는 하루를 커피숍에서 시작한다. 집에서 이십여 분을 가면 있는 이층 건물의 커피숍이다. 은행나무가 가로수로 내다보이고, 건너편으로는 집들이 빼곡하게 보이는 커피숍은 도시의 하루 풍경으로는 제격이다. 차들은 대로를 따라 끊임없이 흘러가고 지나가는 사람은 거의 보이지 않는데, 가끔 신호등이 있는 건널목에서 몇몇 사람이 신호를 기다리고 있기도 하다. 그러한 풍경을 눈에 담으며 커피 잔을 기울이면 쓰디쓴 맛이 목을 훑고 지나간다. 아, 또 하루가 시작되는구나. 십여 분 동안 멍하니 커피의 맛에 집중하다가 몸을 이쪽저쪽으로 움직이며 노트를 꺼내 끼적거린다.

그런데 아침마다 느끼는 게 있다. 이곳에서 커피숍 매니저는 커피를 잔이 찰랑찰랑 넘치도록 가득 채워준다. 그럴 때마다 난감하다. 이걸 어떻게 흘리지 않고 들고 갈 수 있을까. 그렇다고 매번 차를 잔에 가득 채우지 말아달라고 하기도 그렇고 해서 조금만 흔들려도 쏟아질 것 같은 커피를 들고 이층으로 올라가면서 커피를 몇 번이고 쏟는다. 쟁반을 쓸 때는 그래도 괜찮지만 잔 손잡이를 들고 갈 때에는 손에 쏟기 일쑤다. 하루도 빠짐없이 마시는 커피인데, 하루도 빠짐없이 난감해하며 찰랑이는 잔을 들고 가는 일은 괴롭기까지 하다.

커피 잔을 들고 가는 나의 정성은 눈물겹다. 진한 커피가 찰랑이는 걸 보며 조심조심 걸어보지만 나도 모르게 손이 떨리거나 발걸음이 자연스럽지 못해 여지없이 커피가 쏟아진다. 그래서 아침마다 나는 커피 잔과 씨름한다. 오늘만은 흘리지 말아야지. 하지만 흔들림이 없이 걷는다는 것은 거의 불가능하다. 만일 가방이라도 무거우면 균형을 잡기란 더욱 어렵다.

그래서 집중해도 쏟아지고 집중하지 않아도 쏟아질 바에야 흘리면 닦는다는 생각으로 마음을 비우기로 했다. 흔들리는 잔을 보지 않고 걷는 순간 일이 벌어졌다. 몸이 흔들리고 손조차 떨렸다. 그래도 나는 커피 잔을 보지 않았다. 젠장, 쏟아질 거면 쏟아지라지 뭐. 닦으면 그만 아닌가. 커피 좀 흘린다고 아침의 기분이 나쁘다고 생각하는 것도 심리적인 금기를 만들어내는 게 아니겠는가. 안 좋은 상황을 무시하려고 애쓰며 나만의 자리로 갔다. 그런데 정말 일이 벌어졌다.

커피가 전혀 흘러내리지 않았다. 잔은 얼룩 하나 없이 깨끗했다.

어떻게 된 일이지? 다음 날도, 그 다음 날도 커피를 흘리지 않았다. 쟁반이거나 잔이거나 상관없이 흘리지 않았다. 나는 다 둔 바둑을 복기하듯이 내가 한 일을 되돌아봤다. 넘칠 거 같은 커피 잔을 들고 올라올 때 나는 커피를 전혀 신경 쓰지 않았다. 손이나 발걸음도 신경 쓰지 않았다.

한 몸!

커피 잔이나 쟁반과 내가 한 몸이 되었던 것이다. 내가 커피를 쏟지 않겠다고 잔에 집중할 때에는 잔은 내 몸이나 마음 밖에 있었다. 하지만 잔을 신경 쓰지 않을 때에 잔은 내 몸의 일부가 되었던 것이다. 내가 움직이는 대로 잔도 한 몸처럼 움직였고 마음으로도 잔을 밖에 두지 않았기 때문에 잔은 손의 일부가 되었다.

『장자』의 「양생주」 '포정해우(庖丁解牛)'에 보면 포정이 소를 잡을 때 피 한 방울 흘리지 않고 잡는 비법에 대해 말한다.

> "신이 소를 잡을 때는 눈을 사용하지 않고 감각기관을 정지한 채 천리(天理)에 의지합니다."

핏줄을 건드리지 않고 한 몸이 되어, 마음으로도 하나가 되었을 때 절대로 다치지 않는다는 포정의 이야기는 나의 커피 생활에서도 그대로 적용된다. 눈으로 커피를 지키면 감각에 의존하게 되어 커피는 내 뜻에 따르지 않는다. 커피를 나와 한 몸이 되게 했을 때 커피는 나와 전혀 구별이 되지 않아 내 뜻에 따른다. 아니 내가 커피가 된다. 영화 〈겨울왕국 2〉에 이런 말이 나온다.

"모든 걸 잊을 때 모든 걸 찾게 된단다."

이렇게 다시는 커피를 흘리지 않아 이제 커피 향과 함께 아침의 풍경이 그대로 마음으로 흐른다. 커피는 혀와 입, 목과 하나 되어 쓰면서 달콤한 맛을 낸다. 커피에 비친 풍경이 목을 타고 흘러내리는 기분은 상쾌하다.

커피 한 잔 하실래요?

6
시는 자연의 숨이다 1

마음이 넉넉하고 여유로운 사람은 단순하고 어리석다. 그는 철학적이지 않으며 영혼이나 정신을 얘기하지도 않는다. 뿐만 아니라 더더욱 문학적이지도 않다. 그가 하는 말은 깊은 사상이나 심오한 의미를 내포하고 있지 않으며 그가 쓰는 시는 자연 그대로의 단순함을 갖고 있다. 그가 하는 말이나 이야기는 다른 동물이나 식물들도 할 수 있는 말과 다르지 않다. 이는 불교에서 말하는 깨달음과 같다. 스즈키 순류는『선심초심』에서 진정한 선(禪)은 철학적 이해와는 아무 관련이 없다고 했다.

> 선은 철학적인 이해에 관심을 갖지 않습니다. 우리는 수행을 강조합니다. 우리는 몸의 자세와 숨 쉬는 훈련이 왜 그렇게 중요한지를 이해하여야 합니다.

자연을 그대로 받아들이고 자연에 순응하는 자세가 선(禪)이다. 그리고 자연에 순응하는 게 호흡에 집중하는 것이다. 호흡에 집중하여 자연을 있는 그대로 받아들이는 자세는 어린 아이의 마음과 같다. SF 작가 필립 딕은「작고 검은 상자」에서 어리석은 선사에 대해서 말하고 있다.

> 리 씨가 말했다. "아이들과 숨바꼭질을 했던 선불교의 승려 이야기를 하고 계십니까? 바쇼가 했던 이야기던가요? 그 승려는 변소에 숨었는데, 아이들은 그곳을 찾아볼 생각을 하지 못한 채 결국 그에 대해서 잊어버리고 말았지요. 그 승려는 참으로 단순한 사람이었습니다."
>
> "선이 일종의 어리석음이라는 사실은 인정해요. 선에서는 단순하고 남을 잘 믿는 사람들을 높이 평가하지요."

통찰력으로 말하는 것은 철학적이며 옳고 그름을 따지는 분별이다. 통찰력은 지식으로서의 분별에서 나온다. 하지만 분별은 우리의 정신을 산만하게 하고 또한 감각을 욕망에 끄달리게 한다. 말초신경이 예민해지면 호흡이 불안정해지고 머리가 어지러워진다. 그때 정신은 아수라에 휩쓸리게 된다. 이는 시에서도 마찬가지다. 게리 스나이더는『지구, 우주의 한 마을』에서 아름다운 시는 통찰력을 과시하지 않는다고 했다.

> 정말로 우수한 시란 어쩌면 보이지 않는 시, 어떤 특별한 통찰력도 과시하지 않고 어떤 놀라운 아름다움도 보여주지 않은 시일지도 모릅니다.

공평무사가 선(禪)이다. 선이 자연을 그대로 받아들이는 마음에서 얻을 수 있는 것이라면 시 또한 자연을 그대로 받아들이는 선적 언어다. 한병철이 『선불교의 철학』에서 언급한 깨달음의 시에 대한 언급을 인용해보자.

> 하이쿠 혹은 선불교의 시들도 '영혼'을 '표현하는' 것이 아닙니다. 오히려 그것들은 아무도 아닌 사람의 의견으로 해석될 수 있습니다. 그런 의견에는 어떤 내면성도 없습니다. 어떤 '서정적 자아'도 자기를 표현하지 않습니다. 하이쿠에 등장하는 사물은 아무것에도 강요되지 않습니다. 사물로 흘러 넘쳐서 그것을 비유 혹은 상징으로 만드는 '서정적' 자아는 없습니다. 오히려 하이쿠는 사물이 있는 그대로 빛나게 합니다.

참된 시는 깨달음을 표현하거나 영혼을 표현하는 게 아니다. 숨쉬는 언어로 된 시는 서정적 자아나 어려운 메타포를 쓰지 않는다. 다시 한병철의 말을 인용해보자.

> 하이쿠는 찾아내야 할 숨겨진 의미도 가리키지 않습니다. 해석해야 할 비유도 없습니다. 하이쿠는 완전히 개방되어 있습니

다. (…) 하이쿠에는 '깊은 의미'가 들어 있지 않습니다. 이렇게 '깊은 의미'가 없는 것이야말로 하이쿠의 깊이를 이룹니다. 깊은 의미의 부재는 영혼과 같은 내면의 부재에 상응합니다.

우리 현대시는 너무 서구적 방법에 치우쳐 있다. 서구의 첨단 방법론에 맞춰 시를 쓰는 경향이 지금 우리 시단에 팽배해 있다. 이는 우리의 삶이 그만큼 욕망의 노예가 되어 있는 현대인의 자아를 표현하는 데에서 비롯한다. 다음의 시 한 편을 보자.

모르는 밤 속으로 모르는 누군가 들어선다. 모르는 마음속에 울퉁불퉁한 발자국이 찍힌다. 밤의 음계가 출렁이고, 철컥철컥, 환영들이 번쩍인다. 오래 전에 잊은 생각들이 꿈틀, 기호들이 나방인 양 파르르 떨면 몽롱한 울음이 색을 입고 밤하늘을 날아다닌다. 하얀색이 도는 갈색, 회색으로 얼룩진 노란색, 그리고, 찰랑이는 푸른 소리, 내가 모르는 시간 속으로 내가 모르는 누군가 옥타브 너머 음계를 밟는다.

아르페지오의 밤

사물들이 발기한다.

메타포 투성인 위 시는 너무 많은 의미를 내포하고 있어서 독자가 시에서 시적 자아의 영혼을 추적하기 위해서는 퍼즐을 한참 맞춰야 한다. 이러한 시는 동아시아의 우리 시가 아니다. 이러한 시는 우리의 정신을 더욱 혼란에 빠뜨린다. 현대시는 짜깁기의 시이며, 욕망에 끄달려 불안에 휩싸인 현대인의 정서를 표현한다. 무수한 단어나 문장 들을 짜깁기하는 시는 인공지능의 시다. 이러한 시는 무작위의 단어와 문장들에 의도하는 의미와 시행과 연을 지시하면 자동으로 만들어낼 수 있다. 그러므로 현대시는 무의미의 병렬이거나 다중 의미를 띠며, 그만큼 자신만의 토착성이 사라지고 없다. 어느 지방의 누구의 삶인지 알 필요도 없다. 따라서 오늘날의 시는 창의성보다는 언어 디자인의 시다. 앞으로 시는 인공지능이 훨씬 더 잘 쓰는 시대가 올 것이다. 인공지능은 시인들보다 더 적절한 감성에 대한 아름다운 언어로 시를 만들어낼 수 있을 것이다.

우리는 자연을 있는 그대로 받아들이고 거기에 순응하는 자세로 살아왔다. 이에 대해 게리 스나이더는 "동아시아의 자연사랑"에서 온다고 했다. 동아시아의 문화는 천 년 넘도록 이어져왔다. 그 문화는 절대 일시적인 서양 문화에 물들지 않는다. 우리의 자연은 우리의 시를 원한다. 잇샤의 하이쿠 한 편을 읽어보자.

> 고통의 세상
> 벚꽃이 피면
> 그 세상도 꽃을 피운다.

읽는 순간 그대로 가슴에 와 닿는다. 이러한 시는 두보의 시처럼 바로 사람들의 가슴으로 직진한다. 이심전심(以心傳心)이다. 단순함이 오래가며, 깊이 파고든다. 이는 시만이 아니라 선(禪) 또한 마찬가지다. 선은 부처의 마음이라고 했다. 부처의 마음은 꾸밈이 없는 자연 본래의 마음이다. 본래의 마음을 찾기 위해서 우리는 모든 수식을 끊어야 한다. 수식은 욕망의 산물이다.

시를 쓰자. 시는 언어라는 매개적인 관념으로 만들어졌지만 풀벌레 소리와 같다. 시란 인간의 언어로 만들어져 있지만 자연 속에서 동고비와 쓰르라미의 노래, 찌르레기가 부르는 노래와 같다. 그러므로 시를 쓰는 것은 스나이더가 말한 '야생의 실천'이다. 우리는 야생을 실천하기 위해서 토착적인 우리의 자연을 닮아야 한다.

> 인간 아닌 다른 존재들에게도 그들만의 문학이 있습니다. 사슴 세계의 이야기는 냄새의 자취입니다. 그것은 본능적인 해석 기술로서, 사슴에서 사슴에게로 계속 전해집니다. 핏자국을 가진 문학, 약간의 소변과 확 풍기는 발정 냄새와 암내의 유혹이 서려 있는 문학, 어린 나무의 긁힌 자국이 들어 있는 문학, 그리고 이미 사라진 지 오래된 문학, 그리고 이들 인간 아닌 다른 존재들 사이에서는 '이야기 이론'이 있을 수 있습니다.

인간이 낼 수 있는 가장 원초적인 목소리는 곧 노래이며, 노래에 언어를 부여하는 게 시다. 그것은 곧 언어로 된 숨이다. 시를 쓴다는 것은 사슴이 냄새를 남기는 것이나 들개가 나무에 오줌을 묻히는 것과 같다. 그러므로 시는 쉽게 알아볼 수 있는 원초적인 리듬을 펼칠 수 있어야 한다. 누구나 자기 마음속의 가장 깊은 곳에서 꺼낼 수 있는 말이 있다. 노래가 있다. 그 말은, 그 노래는 어렵지 않고 단순하여 바로 우리의 가슴으로 다가온다. 그 노래는 전나무에게 들려줘도 된다.

이형근 시인의 「선다(禪茶)」를 읽어보자.

길 없이 들어선

마니산 골짝

하늘로 치오르다

시샘하며

막아 선 선바위

석간수 졸졸

푸릇한 이끼에 내린

시린 한 모금

천년을 우린 차

맑고 깨끗한 말은 머릿속이 아니라 바로 가슴으로 와서 박힌다. 이런 말은 귀뚜라미의 소리이기도 하고, 풀여치의 속삭임이기도 하며 석간수의 도란거림이기도 하다. 석간수에서 '천년을 우린 차'를 느끼는 시인의 정서는 석간수의 말을 그대로 옮겨 적은 데에 불과하다. 이러한 시는 자연과 나의 내면이 하나가 될 때 우러나오는 목소리다.

조각가 부랑쿠시의 돌 사내가 외마디를 지른다. 알아들을 수 있겠는가.

7
어떻게 마음이 숨 쉬게 할 것인가

옛 선비들이나 선사들은 가난을 즐겼다고 한다. 하지만 보통 가난은 즐기기는커녕 견디기조차 쉽지 않다. 가난이란 떠올리기도 버거운데 몸으로 실천하기는 더욱 어렵다. 옛 선비가 어떻고 도연명이 어떻고, 단사표음(簞食瓢飮)이니 안빈낙도(安貧樂道), 차라투스트라의 고독이나 프란체스코의 걸식을 말로 할 수는 있어도 제 자신이 이런 가난을 실천하기란 극히 어렵다. 그런데 어떻게 가난을 즐길 수 있겠는가. 자본주의가 극한으로 치닫고 있는 오늘의 현실에서는 더욱 더 불가능하다.

그런데 왜 위대한 분들은 모두 가난을 극구 높게 평가하는가.

가난, 가난 중에서 가장 소중한 가난은 물질적 가난을 거쳐야만 이룰 수 있는 내면의 가난이다. 물질적으로 가난하여야 마음이 가난해진다. 마음이 가난한 사람은 모든 욕망을 내려놓을 수 있다. 내면의 가난은 마음을 텅 비울 수 있으므로 밖에 어떤 것도 쌓지 않는다. 그러므로 마음이 가난하면 모든 욕망으로부터 자유를 얻는다. 그때 우리는 참된 존재로 우뚝 설 수 있다.

J가 일을 그만둔 뒤로 주변에서는 늘 걱정이었다. 그래서 이 일을 해라, 저 일을 해라, 많은 일자리가 들어왔다. 그들은 그의 저축통장을 걱정하고 인간관계나 건강, 보험을 걱정했다. 이렇게 많은 보험의 종류가 있다는 것도 빈둥대면서 그는 처음 안 것 같았다. 하지만 소로가 "직업 전선에 뛰어든 사람들은 대부분 사형이 확정된 죄수와 같은 신세가 된다."라고 한 말을 금과옥조로 삼은 뒤부터 그는 돈을 벌어보라는 말을 한 귀로 듣고 한 귀로 흘려보냈다. 소로는 다음과 같이 말했다.

> 부자가 되면 될수록 불가피하게 비용이 더 많이 드는 소비 습관을 지니게 되어, 몇몇 필수품과 편의점 장만에 전보다 더 많은 비용을 들이게 된다. 당신은 부를 얻는 대신 독립성을 잃는다. (…) 만일 당신이 어떤 사람을 곤궁에 빠뜨리고 싶거든 그에게 천 달러를 주라. 그러면 그가 얻는 그 다음의 수백 달러는 그가 예전에 벌어들이던 십 달러보다도 더 값어치가 없어질 것이다.

돈과 인간관계에 대한 걱정을 하지 않으려고 산으로 간 사람들도 다 걱정을 한 짐 짊어지고 간다. 하지만 우리나라 속담에 가지 많은 나무 바람 잘 날 없다고 하지 않았던가. 우리는 내 한 몸으로 사는 게 아니라 곁가지를 수없이 달고 살아간다. 그게 인연이다. 우리는 관계와 인연으로 얽혀 있다. 그 관계와 인연이 나를 얽매고 묶는다.

누구나 이래 걱정 저래 걱정으로 살아간다. 그래서 우리의 삶은 어차피 고해(苦海)다. 이런 현실에서 어떻게 가난을 즐길 수 있겠는가? 하지만 우선 가난을 즐기기 전에 하나씩이라도 실천해볼 수는 있을 것이다. 왜냐하면 물질은 마음을 흐트러뜨려 진정한 자아를 찾을 수 없게 하기 때문이다. 진정한 나를 찾지 않고는 우리의 생은 늘 겉돌고, 우리는 자신의 주인이 되지 못한다. 그 참된 자아를 찾기 전에 먼저 외적인 사물을 나에게서 내려놓아야 한다. 우리가 핑계로 삼는 인연이나 관계, 욕망은 모두 나로부터 비롯한다. 자신을 들여다볼 줄 모르는 사람은 그 원인을 밖에서 찾는다. 모든 것은 자신의 내면에 있는데도 말이다. 따라서 가난을 배우는 일은 곧 자아를 똑바로 보는 일이다.

첫째, 배를 자꾸 비우자.

무엇보다도 가난하게 살고 싶다면 굶는 연습을 해야 한다. 하루 세끼는 많다. 자기 자신의 몸에 인색해야만 가난을 즐길 수 있다.

뚱뚱한 몸으로는 가난을 즐길 수 없다. 최소한의 음식은 정신을 맑게 한다. 위대한 성자들은 몸을 유지할 수 있는 만큼만 먹었다. 먹는 것도 하나의 습(習)이다. 자꾸 먹었기 때문에 때가 되면 먹고 싶은 것이다. 습은 모르는 사이에 우리를 병들게 한다. 그 습을 없애려면 배를 자꾸 비워야 한다. 우리의 몸을 유지하는 것은 어린아이 때의 영양소면 충분하다. 어른이 되어서는 의외로 그렇게 많은 에너지가 필요하지 않다. 뱃속에 채우는 에너지보다는 깨끗한 공기와 물이 우리의 정신력을 고강하게 한다. 정신력이 고강해지면 몸은 건강하다.

나를 키우는 것은 물질이 아니라 내면이다. 숲에서 만행(卍行)을 하고, 들판에서 고독을 견디는 일은 물질이 아니라 내면의 힘이다. 인생을 살아가는 힘의 팔 할은 내면에서 온다. 몸은 그 내면을 보호하기 위한 동반자다. 배가 고프면 정신력이 강해진다. 글을 쓰는 작가나 신앙인, 혹은 내면의 힘으로 살아가는 사람은 배가 부르면 안 된다. 정신력이 죽기 때문이다. 진정한 삶은 내면에서 나온다. '나'라고 하는 존재는 몸보다 내면의 비중이 훨씬 크다. 더욱이 내면의 삶을 살찌우기 위해서는 소식(小食)을 하고, 배를 더부룩하게 하는 육식을 줄여야 한다. 배를 비워야 하는 게 반드시 필요한 이유에 대해서 오쇼는 『쉼』에서 다음과 같이 언급한다.

사람들은 배에 온갖 쓰레기를 넣고 다닌다. 배는 감정을 억압

할 수 있는, 신체상의 유일한 공간이다. 신체의 다른 부위에서는 감정을 억압하지 못한다. 사람이 어떤 것을 억누르고 싶을 때 배를 이용한다. 울음을 참으면 이 감정이 어디로 가는가? 당연히 배로 가 쌓인다. 배만이 신체에서 유일하게 빈 공간이다. 사랑과 성욕, 분노, 비탄, 울음, 혹은 웃음까지도 배로 가 쌓인다. (…) 사람은 모든 걸 억압한다. 억압을 하면 호흡이 깊어질 수 없다. 점점 짧아진다. 호흡을 깊게 하면 억눌렸던 상처들이 떠오르기 때문이다. 상처들이 떠오르면 무서워진다.

배가 부르면 호흡이 깊어지지 못하고, 호흡이 깊어지지 못하면 내면의 세계를 확장할 수 없다. 내면이 확장되지 않고는 참된 자신을 찾을 수 없고, 물질의 노예가 된다. 그런 점에서 단식은 좋은 경험이 된다. 단식은 우리의 몸이 배에 의해 유지되지 않는다는 걸 배우게 해준다. 배가 고프다는 것은 배가 보내는 신호다. 그 신호를 뇌에서 받아 배가 고프다는 것을 안다. 따라서 실제로 배가 고픈 것과 뇌에서 인식하는 것은 다르다. 높은 수행 단계에 있는 분들은 단식할 때 음식을 거의 먹지 않는다. 마하비라는 12년 동안 단식하면서 11년 정도는 먹지 않았다고 한다. 단식을 자주하면 배에서 보내는 신호의 노예에서 벗어날 수 있다. 위대한 성자들은 모두 단식을 했다. 부처, 예수, 노자, 공자 등 성자들은 단식을 했다.

둘째, 극한의 삶은 정신을 고양시킨다.

위대한 사람은 생에서 가장 바닥까지 내려가 본다. 죽음을 맛보지 않고 화려한 삶을 알 수 없고, 천대를 받아보지 않고 존경을 받기 어렵다. 살아가면서 바닥을 친다는 게 무엇일까. 그것은 곧 삶의 세계가 넓고 깊다는 뜻이다. 예수나 석가나 공자는 극한의 지경에 이르러봤다. 그 밑바닥 삶에서 깨달음의 눈이 뜬다. 나보다 남이 잘되기를 바라게 되고, 남이 행복하면 나도 즐거워짐을 깨닫는다. 그들의 삶에서는 수천 권의 책보다 많은 읽을거리가 있다. 육체적 불행은 정신을 고양시킨다.

그러므로 비참함에서 늘 긍정적인 생각이 솟는다. 불행은 우리를 키우는 정신적인 양식이다. 바닥을 쳐보지 않고 남을 이해할 수 없으며 인생의 길을 가르칠 수도 없다. 고난은 인생의 깊이를 이해할 수 있는 최고의 기회다. 일부러라도 고난을 겪는 자세는 권장해 볼 만하다. 그것은 곧 자기 단련이기 때문이다. 나를 담금질하지 않고 정신을 고양시킬 수는 없다. 오쇼는 체험하지 않는 수련은 깊이와 넓이를 갖지 못한다고 했다. 그것은 공중누각이기 때문이다.

셋째, 죽음을 맛보자

나에게 넘치는 재물은 나의 것이 아니다. 이 세상의 모든 물질은 이 세상의 것이지 내 것이 아니다. 나는 주어진 삶의 시간 동안 나에게 주어진 물질을 쓰다가 남은 사람에게 물려주면 그만이다. 나는 죽는다. 죽음은 필연이다. 나는 긴 시간 속 찰나의 존재일 뿐이다. 나의 죽음은 절대 유예되지 않는다. 그러므로 그날, 그날을 즐겁게 기다릴 수 있어야 한다. 죽음은 모든 욕망을 내려놓게 한다. 욕망이 크면 클수록 죽음은 처참하다. 그러므로 죽음을 양팔 벌려, 너 왔구나! 반길 줄 알아야 자아 찾기를 실천할 수 있다. 고난을 실천하고 싶다면 죽음을 기다리는 자세가 필요하다. 죽음은 항상 우리 가까이에 있다. 우리는 그 죽음에게 날마다 말을 걸어 하루의 삶을 얘기해 주어야 한다. 그때 나의 진정한 삶이 그 깊이를 더하게 된다.

그러기 위해서 우리는 정신적으로 죽음을 체험해봐야 한다. 죽어보지 않고는, 죽음을 맛보지 않고는 무한한 자아의 삶을 맛볼 수 없다. 어떻게 죽어볼 것인가. 순간순간 멈춘 숨이나 잠 속에서 우리는 죽음을 맛본다. 들숨과 날숨 사이 잠깐 멈추는 순간 삶은 멈춘다. 침묵은 잠깐의 죽음이다. 그와 같은 작은 죽음을 통해서 우리는 긴 삶을 누릴 수 있다.

또한 우리는 평상시에도 가끔 죽음을 체험한다. 죽음은 마음이 평정에 도달하는 상태이다. 불교에서는 죽음을 열반과 동일시한다. 높은 수행의 단계에 이르면 죽음을 체험할 수 있다. 호흡을 멈춘 상태에서 오랫동안 수행을 하는 선사들은 죽음을 맛본다. 죽음은 늘 우리 곁에 있다. 심한 병이 들어 병원에 누워 있을 때 마음은 어떤 고뇌도 없다. 또한 성적으로 오르가슴에 이를 때 무념이 된다. 혹은 극한의 위기에 처했을 때 순간 우리는 모든 잡념에서 떠난다. 이러한 상태에서 마음이 무념에 들면 순간의 죽음을 맛본다.

넷째, 혼자면 어때.

남들과 어울리지 않으면 크게 돈 들어갈 데가 없다. 많은 사람들과 어울리는 것은 내 정신세계의 삶을 피폐하게 만든다. 인간은 사회적 동물이라는 말은 대단히 서구적인 논리다. 동양에서는 토굴에서 수행하는 사람이 많고, 홀로 만행하는 이들 또한 많다. 인도에서는 인생의 마지막 단계에서는 홀로 떠나라고 했다. 나는 나와만 있을 때 가장 풍요로워지고 자유로워진다.

진정한 평화나 자유를 느끼고 싶다면 홀로 있음을 즐겨라.

홀로 있을 때 나의 삶은 느려지고 시간은 풍요로워진다. 오랫동안 정신적으로 풍성하게 살고 싶다면 느리게 살아야 한다. 그리고 느리게 살고 싶다면 혼자만의 시간을 만끽해야 한다. 다른 사람과 어울리는 시간은 거의 경쟁심으로 얼룩지는 경우가 많다. 불필요한 말을 많이 하게 되고, 쓸데없는 말을 많이 듣게 된다. 하지만 누군가를 만나고 집으로 돌아오면 가슴 한쪽이 벌레가 먹어버린 듯 허망하기 그지없다. 그것은 자신의 내면을 소모하는 일이다. 로르카는 "고독이 정신을 다듬는 위대한 조각가"라고 했다. 그러므로 혼자서도 잘 놀 수 있는 사람은 위대한 정신의 소유자다. 홀로 있음의 소중함을 역설한 소로가 『월든』에서 한 말을 되새겨보자.

> 나는 고독만큼이나 친해지기 쉬운 벗을 아직 찾아내지 못하고 있다. 우리는 방안에 홀로 있을 때보다 밖에 나가 사람들 사이를 돌아다닐 때 대개는 더 고독하다. 사색하는 사람이나 일하는 사람은 그가 어디에 있든지 항상 혼자이다.

소로가 말하고 싶은 고독은 아마도 홀로 있음을 뜻한다. 고독이란 말은 부정적인 말이다. 고독은 타인으로부터 버림받은 존재를 연상시킨다. 『노자』에서 '고(孤)'는 덕이 없음이다. 덕이 없어 다른 사람이 가까이하지 않는 걸 뜻한다. 하지만 홀로 있음은 전혀 부정적이지 않다. 홀로 있을 때 만족을 느끼는 경우가 더 많다. 내 안에 타인이 들어 있기 때문이다. 말은 나의 욕망을 키우는 사회적 도구다. 내가 내 자신과만 있으면 귀가 커지고 눈이 맑아진다. 나무와 새, 꽃, 구름 들의 이야기를 들을 수 있는 귀가 생기고 안 보이던 것들이 보인다. 뿐만 아니라 혼자면 사색을 즐길 수 있다. 사색은 삶을 풍요롭게 하는 명상의 통로다. 거기에서는 원초적인 언어인 시가 보인다. 자연은 그 자체가 시이므로 귀를 기울여 그들의 목소리를 적어내기만 하면 누구나 시를 쓸 수 있다. 그러므로 타인으로부터 내몰린 고독조차도 소중하다. 고독은 우리의 정신을 군더더기 없이 다듬어주기 때문이다.

그러므로 나 자신을 단련하기 위해서 가난을 즐기는 사람들의 구절을 자꾸 복음으로 삼아보자. 다음에서 그들의 책에서 가난을 즐긴 사람들의 말을 인용해보겠다.

참으로, 적게 소유한 자는 그만큼 더 적게 지배된다. 찬양할 지어다. 소박한 가난을! (…) 내가 나의 가난을 질투하기 때문이다. 게다가 나의 가난은 겨울 동안 내게 가장 충실하다.

— 니체, 「차라투스트라는 이렇게 말했다」

걸식 승단의 창시자 프란체스코가 명문의 딸들이 많이 모여 있는 무도회에 갔을 때 "프란츠 씨, 당신도 언젠가는 이 미인들 중에서 한 사람을 택하겠지요?"라는 질문에 다음과 같이 대답했다.

"더 아름다운 것을 이미 택해두었습니다."

"그래요, 어떤 것인데요?"

"가난입니다."

— 쇼펜하우어, 「생존의지의 긍정과 부정」

공자님께서 남겨준 가르침이 있다(先師遺訓)

도를 걱정하되 가난을 걱정 말라고(憂道不憂貧)

— 도연명, 「계묘년 초봄에 옛 농막을 생각하며(癸卯歲始春懷古田舍)」

마음이 사회로부터 자유로울 때 가난은 놀랄 만큼 아름다운 것이 된다. 우리는 내적으로 가난해야 한다. 왜냐하면 그래야만 아무런 요구나 욕망이 없기 때문이다.

— 지두 크리슈나무르티, 「아는 것으로부터의 자유」

나는 내가 겪었던 가난을 슬퍼하지 않는다. 만약 헤밍웨이의 말을 믿는다면 가난은 작가에게 그 무엇도 대신할 수 없는 학교이다. 가난은 사람을 명민하게 만든다. 그리고 이런 식의 교훈은 얼마든지 있다.

— 세르게이 도블라토프, 「여행가방」

세이지 잎을 가꾸듯, 정원의 풀을 가꾸듯 가난을 가꾸자. 옷이든 친구든 새로운 것을 얻으려고 너무 애쓰지 말라. 새것을 탐냄은 일종의 방탕이다.

— 소로 일기, 1850.10.

가난은 뜻밖에 우리에게 온 선물이다.

가난은 우리의 내면을 풍성하게 해주는 신이 내린 선물이다.

가난은 우리의 몸과 마음을 가뿐하게 해주는 반가운 손님이다.

8
산은 산이요 물은 물이다

여자　오늘은 어디를 다녀왔어?

남자　……

여자　돌아다니려면 옷이라도 제대로 챙겨 입고 다녀. 그게 뭐야, 남세스럽게. 옷이 날개라잖아. 남의 살림살이는 몰라도 옷 입고 다니는 것 보면 보인다잖아.

남자　음, 음.

여자　지난번에 부탁한 거 어떻게 됐어?

남자　…….

여자　말을 해봐. 그놈의 입 뒀다가 어디에 쓰려고 그래? 또 그르친 거야?

남자　되겠지.

여자　뭐가?

침묵

여자 또 어디를 떠돌다 온 거야? 애들이 불쌍하지 않아? 당신은 당신 혼자만 생각하면 다야? 또 그 폐가에 갔다 온 거야?

남자 …….

여자 산은 산이고 물은 물이야? 나도 산이고 물이고 싶어. 당신은 산이고, 나는 물이야. 물이 어떻게 산으로 올라갈 수 있겠어. 언젠가 당신이 말했지. 산을 휘돌아가는 물이 있다고. 그래도 물은 낮은 데로만 흘러. 산으로 올라가지는 못한다고. 나는 돈 있는 데로만 흐른다고.

남자 음, 음.

여자 저번에 티브이에서 들었는데, 옛날 인도에서는 오십이 넘으면 남자는 가정을 떠나 산으로 도를 닦으러 간다고 그러데. 당신도 밥만 축내지 말고 아예 떠나버려. 나도 팔자 좀 고치게. 톨스토이는 죽기 며칠 전 아내인 소피아에게 쪽지를 남기고 집을 나갔다지. "고독과 고요 속에서 마지막을 보내기 위해 세속을 떠나오." 멋지지 않아? 괜찮은 사람은 그렇게 멋지게 사라진단 말이야.

침묵

여자 그래. 나도 산이 좋고 물이 좋아. 지금부터 나도 산이고 물이야. 나한테 말 붙이지 마. 당신은 산이야. 도대체 말이 통해야 말이지. 나는 물처럼 흘러갈 거야.

침묵

여자 지금 묵언수행 중이셔!

남자 (속생각으로 말한다.) 굴참나무가 좋고, 너도밤나무 상수리나무가 되고 싶다. 봄이면 높은 곳에 올라가 넓은 들에 수놓인 원추리를 바라보고, 여름이 오면 마음을 풍성히 하여 녹색의 자연 속에서 살고, 온갖 색의 향연으로 만발한 가을 산행을 하며 떠돌아다니고 바람이 재촉하면 산을 내려가 겨울의 쉼을 느끼고 싶다. 그런 속에서 자연의 시를 읽고 싶다. 인생은 우주의 시간 속 찰나거든. 산은 오랫동안 세상을 지켜보았지만 말하지 않고, 물은 흘러 흘러 어디로 가는가를 보여줘. 눈을 크게 떠봐. 귀를 넓혀봐.

여자 장자처럼 산지기나 돼버려. 떠나려면 빨리 떠나. 나도 내 할 일이 많아.

9
숨 쉬는 땅

나를 가장 편안하게 해주는 곳은 풀이나 잡목이 무성하게 자란 언덕 너머 구릉이다. 들리는 소문에 의하면 그곳은 전쟁 때 많은 사람들이 파묻힌 곳이라고 한다. 그래서 사람들은 죽음의 계곡이라고 부르기도 한다. 그래서인지 지금도 버려진 땅이다. 그러나 나는 그곳을 나만의 아지트로 삼았다. 넓게 펼쳐진 초원으로 초록이 넘실대고 고라니나 꿩, 토끼들이 자유를 즐기며, 버드나무나 갈대, 수양버들이 제 목소리를 낸다. 그곳은 말이 필요 없는 자연 그대로다.

노자는 『도덕경』 23장에서 "희언(希言)은 자연(自然)이다."라고 했다. '희언'은 말로 표현할 수 없는 말이라는 뜻이다. 자연은 말로 할 수 없는, 보이는 대로 느끼는 모습이다. 이곳은 인간의 시간에서 자연의 시간으로 복원된 장소다. 따라서 명상을 한다거나 사색의 터로서는 완성맞춤이다. 명상을 할 만한 곳으로는 공동묘지, 철길이 끊어진 곳, 바람이 쉬는 곳이 좋다. 하지만 공동묘지는 후회와 아쉬움이 뒤범벅이 되어 있어 사람이 자리 잡기에는 어렵고, 철길이 끊어진 곳은 떠나간 사람들의 느낌이 나 애잔하다. 기억이 묻힌 땅에 풀이 자라고 나무가 자라면 기억조차도 가물가물해진다.

땅은 쉼이다. 자연은 모든 생명에 쉼을 제공한다. 땅은 어머니 자연이다. 인간의 마음이 안달을 내도 땅은 쉼의 자리를 제공한다. 땅은 우리에게 쉼을 제공한다. 전쟁의 폐허 속 아무도 가볼 엄두도 내지 못한 곳에서 땅은 동물이나 식물들에게 쉼을 준다. 그것을 가장 먼저 알아본 이들이 야생의 멧돼지, 꿩, 토끼 들이며, 그들보다 먼저 몸으로 야생의 회복력을 갖춘 것들이 '희언'의 풀이며 나무다. 사람들이 찾지 않는 곳, 잊힌 곳에서 자연은 본래의 원초적인 세상으로 땅을 되돌린다. 땅에는 풀이나 나무가 번지고, 숲을 기억하는 고라니나 꿩 들이 찾아든 후에야 제 모습을 갖춘다.

야호!

소리치면 여기저기에 숨은 존재들이 내 목소리를 따라 외친다.

야호!

야호!

야호!

화답하는 목소리들의 향연이 오케스트라처럼 울려 퍼진다. 메아리가 여기저기를 돌아다니며 잠든 영혼들을 깨운다. 여기저기에서 푸드덕, 꿩, 꿩, 장단을 맞춘다.

폐허에는 원초적인 아름다움이 있다. 인간이 문화라는 명목으로 더럽힌 땅을 본래의 원초적인 아름다움으로 복원하는 자연의 복원력은 뛰어나다. 연두에서 초록으로, 그리고 분홍이나 빨강, 노랑, 파랑이 어울리면서 색깔의 향연이 펼쳐진다.

폐허는 아름답다.

폐허는 인간에게는 기억의 땅이지만 자연에게는 망각의 땅이다. 폐허는 역설적이게도 모든 것을 잊을 수 있게 해주는, 본래의 향연을 즐길 수 있게 해주는, 슬픔이나 기쁨 등 모든 감정을 스르르 녹게 해주는 평화의 땅이다. 폐허를 그린 화가 안젤름 키퍼는 파울 첼란의 시 「죽음의 푸가」에서 영감을 얻어 전후 폐허를 그렸다. 그는 폐허가 아름다움이란 걸 발견했으며, 폐허가 평화의 출발이라는 걸 그리고 싶어 했다. 그래서 그의 그림은 묵시록이다. 그는 폐허를 아름다움으로 재현하고, 기억 위에 평화를 암시한다. 폐허는 기억 너머 아름다움으로 채색된 망각이다.

폐허는 고요의 땅이다. 거기에서는 인간의 문화란 어디에서도 찾아볼 수 없고 오직 자연 그 자체, 혹은 자연의 가족들만이 숨 쉰다. 사실 자연은 폐허도 없고, 시초도 없다. 자연은 끊임없이 회귀한다. 그 회귀는 원초적이다. 모든 살아 있는 것들을 무(無)로 돌려놓는다.

폐허는 숨의 땅이다. 모든 생명이 폐허 속에서 재생한다. 전쟁의 상처가 있고, 죽음이 땅속을 물들였지만 자연은 그 죽음의 목소리에서 다시 생명이 피어나고 새 출발을 한다는 나팔을 분다. 폐허에서 기억은 점점 희미해지고, 새로운 역사가 만들어진다. 인간의 시간은 짧지만 자연의 시간은 우주만큼이나 길다. 그 자연은 숨의 공간이다. 따라서 폐허는 폐기된 땅이 아니라 재생의 공간이다. 자연은 누군가에 의해 더럽혀지면 농사지을 때 유휴지를 두듯이 스스로 정화한다. 자연은 숨 돌릴 수 있도록 땅을 갈아엎는다. 그러므로 폐허는 죽음의 공간이 아니라 생명의 공간이며 시작과 끝이 동시에 존재하는 시간이다.

나는 그 죽음의 계곡에서 잠시 세속을 벗어난다. 나만의, 나와만의 시간을 보낸다. 보다 정확히 말하면 내가 자연의 일부라는 생각을 갖는 시간을 보낸다. 먼저 주변의 공기에 맞춰 숨을 고른다. 모든 기운을 배꼽 아래로 내리고 들숨과 날숨을 조절하면 눈은 스스로 감기고 귀는 가느다랗게 열린다. 내 자신이 나무인 듯이, 한 포기 풀인 듯이 허리를 곧게 펴고 앉는다. 잡생각들이 나를 휘두른다. 가족이며, 돈이며, 친구들이 하나씩, 혹은 한꺼번에 쏟아진다. 그 순간 나는 마귀다. 그 마귀를 견디며 한참을 그렇게 앉아 있으면 잡생각은 점점 사라지고 나는 조금씩 잊히고 잠과 잠 아닌 상태 그 어름에 머무른다. 그리고 폐허에 집중한다. 바람소리에, 꿩 울음소리에 집중한다. 그리고 결국 나 자신에 집중한다.

숨은 조금씩 느려지고, 숨 쉰다는 의식 자체도 잊어버리고 느림 속에 빠져든다. 몸은 편안해지고 가끔 흔들리기도 한다. 그 흔들림은 공기와 전혀 충돌하지 않는다. 망각의 시간 속으로 접어들어 시공간을 잊으면 나는 한 마리 꿩이고, 한 포기 풀이다. 꿩~, 꿩, 울어도 보고, 바람에 이파리를 나풀거려보기도 한다. 이때 자신도 모르게 미소가 흘러나온다. 왠지 기분이 상승한다.

폐허는 나를 원초적인 시공간으로 데려간다.

옴 마니 밧메 훔!

길 없는 길에서 홀로 떠나는 만행은 나를 자유롭게 한다.

명상의 시간에서 천천히 눈을 뜨고 느릿느릿 걸어 집으로 돌아가는 길은 카펫 위를 걷는 듯하다. 신탁이라도 받고 온 듯 이유 없이 미소가 얼굴을 물들이고, 몸에서 빛이 나는 듯 아무에게나 인사를 한다. 나는 '희언의 자연'이다. 한 마리 꿩이다.

10

까마귀가 눈 오는 숲에 떨어뜨린 사금파리들

11
몇 개의 단어들 3

자연

자연은 한자로 自然이다. '스스로 그러하다'란 뜻이다. 스스로 그러함은 어떤 말로도 정의하거나 설명할 수 없고, 아무리 보려고 해도 보이지 않으며, 잡으려 해도 잡을 수 없는 '무엇'을 뜻한다. 이를 노자는 희(希), 이(夷), 미(微)라고 했다. 노자를 번역한 김구용은 이에 대해 아무리 따지고 설명하여도 분별할 수 없어 "순수직관에 의해서 통달할 수밖에 없는 도(道)"와 같다고 했다. 그래서 그것은 초월적이다. 노자는 자연을 도라고 보았으며, 그 도는 무(無)나 허(虛), 혹은 빈(牝)이라 했다. 그러므로 노자의 자연은 일차적으로는 우리가 알고 있는 산이나 나무, 풀벌레를 통칭하는 만물을 뜻하지 않는다. 그에게 자연은 만물이나 시간을 생성하는 어머니다. 하지만 노자의 순수직관으로서의 자연은 만물과 분별되지도 않는다.

만물이 자연이고 자연이 만물이다. 노자는 분별의 지식을 경계했다. 관념과 실재를 하나로 보았기 때문이다. 노자는 시인이다.

노자와 유사한 방식으로 이해하는 자연이 시(詩)나 그림, 음악 등 예술에서의 자연이다. 동양 예술에서의 자연은 현상을 통해 궁극의 자연, 곧 도(이데아) 속으로 들어가기 위한 매개다. 예술가가 자연시를 읊고, 산수화를 그리고 거문고를 타는 뜻은 도의 경지에 이르기 위한 방편이다. 이는 자연을 순수직관으로서의 도(道)와 실재의 만물로서의 자연을 분별하지 않는 데서 오는 견해이다. 예술은 재주(art)가 아니라 道(자연)다.

영어 nature도 gen(낳는다)의 어원인 na에서 비롯함으로 근원으로서의 자연이라고 할 수 있다. 본성이니 천성이니 성질, 기질 등으로 자연을 해석하는 것은 이런 뜻에서 유래한다. 이러한 철학적 접근은 플라톤의 이데아의 일차적 모방으로서의 자연과는 다르다. 오늘날 서양의 철학이나 문학에서 자연은 절대자인 신(神)이 창조한 플라톤적인 자연이다. 플라톤의 자연은 이데아의 모방이다. 샬롯 브론테는 『제인 에어』에서 "나에게는 만물의 어머니인 대자연밖에 친척이라곤 한 사람도 없다."라 했고, 움베르토 에코는 『장미의 이름』에서 "자연도 하느님의 딸이 아니던가."라 했다.

다른 한편 자연은 개척의 대상이다. 이는 자연을 외적 형상으로 보는 근대의 과학적인 견해다. 이런 자연은 문화의 적대적인 대상일 뿐이다. 자연은 함께 할 수 있는 대상이 아니라 인위적으로 바꾸고 그 비밀을 풀어야 하는 대상이다. 휴머니즘의 관점에서 자연은 무지(無知)하며, 개척의 대상이고 생활의 걸림돌이다. 이러한 자연은 인간에게 위협이 되는 대상이다.

하지만 분별을 떠나면 자연이 곧 나이고 내가 곧 자연이다. 적어도 동양에서는 그와 같은 인식이 오래전부터 전해 내려왔다. 지금 있는 자리에서 허리를 펴고 앉아 숨을 깊고 고요히 들이쉬고 내쉬어 보라. 내가 무위(無爲) 속에서 쉬면 나는 곧 자연이 된다. 자연은 신(神)과 같다. 간섭하지 않고 자신을 드러내놓고 표현하지 않는다. 모두에게 자연선택을 하도록 내버려둔다. 내 안 깊은 곳에 있는 자연을 찾을 때 진정 참된 나를 발견할 수 있다.

무

한자 무(無)는 기구를 들고 춤을 추는 무(舞)에서 왔다. 그런데 뜻을 달리하려다 보니 발음이 동일한 무(亡)와 같이 쓰게 됐다. 무는 일반적으로 유(有)의 대립으로 쓰는데, 노자는 '무'를 그렇게 쓰지 않는다. 노자에게 무(無)는 도(道)이며 자연이다. 따라서 무는 유무의 무가 아니라, 김구용의 말을 빌리면, "우리의 자각으로 알 수 없는 것, 체험으로써만 아는 직관의 경지로서 유 · 무를 초월하되 그러고도 유 · 무를 있게시리 하는 것"이다. "그러므로 모양 없는 모양, 현상 없는 현상이라" 했다. 또한 "무를 떠난 유도 없고, 무를 떠난 유도 없다"고 했다. 무(無)는 이름 붙여지기 전의, 나눠지기 전의 상태이며, 『장자』의 '혼돈'에 해당한다. 따라서 노자에게 무(無)는 도(道)이며, 허(虛)이고 만물의 어머니(牝)다. 그러므로 무(無)는 만물이 태어나기 전, 혹은 세계가 분열되기 전의 혼돈이다. 이 혼돈에서 유(有), 현상인 만물이 생겨난다.

불교 쪽에서 보면 무는 공(空)과 상통한다. 『무문관』 속 조주의 선문답에 보면, 개에게도 불성이 있는가 하는 물음에 조주는 "무(無)!"라고 답한다. 여기에서 무는 공(空)과 같다. 무는 유무를 떠난 자리에 있다. 있고 없음이 아니라 그냥 텅 빔이다. 무는 텅 빔의 공조차도 아니다. 오직 수행정진을 통해서 얻어지는 체험적인 빔이다. 이는 분별의 지식을 멈추고 호흡 활동을 통해 체득하는 빔이며 우주와 자아의 일체관에서 비롯한다. 이는 곧 불이문(不二門)이며 무문관(無門關)의 체험이다.

12
시는 자연의 숨이다 2

오늘날 언어는 소음이다. 너무 많은 말들이 난무해서 침묵이 가장 진실한 말이 되어버렸다. 이러한 소음은 도시의 발달과 무관하지 않다. 도시는 현대 문물이 총집결하는 곳이다. 다양한 기계음과 거래하는 인간들의 소리, 신음 소리, 소방차 소리, 경적 소리, 경찰차의 사이렌 소리, 온갖 소리란 소리는 다 모인 곳이 도시다. 그래서 피카르트는 도시를 소음의 저수지라 했다.

> 대도시는 거대한 소음의 저수지이다. 소음은 마치 하나의 상품이 제조되는 것처럼 도시에서 제조된다. 소음은 그것이 나온 대상과는 완전히 절연된 채 쌓여 그 도시 위에 진을 치고 있다가 인간과 사물 위로 떨어져 내린다.

도시에서 만들어진 소음은 의미를 거의 없애거나 왜곡시키는 말들을 만들어낸다. 따라서 거기에서 유통되는 말들은 목적지에 가닿지 못하고 언제나 겉돌거나 장난처럼 되어버리거나 너무 많이 소모된다. 그곳에서는 너무 많은 지식이 떠돌고, 주장이 넘쳐나고 말들이 소모된다. 뿐만 아니라 스마트폰에서부터 인터넷, 광고, 영화 등 다양한 매체를 통해서 말은 끊임없이 재생산되고 또 금세 버려진다. 따라서 영화 〈백두산〉에서 이병헌이 한 대사처럼 고도 자본주의 사회에서 인간들은 상상력이 지나치고, 목소리는 누구의 것인지 알 수 없다. 이런 사회에서는 절제란 없다. 오늘날 시들이 길어지고 너무 많은 이미지나 소재들이 뒤섞여 난해해지는 것도 마찬가지다.

도시에서 난무하는 언어에 대해 켄 윌버는『모든 것의 목격자』에서, "백색 소음을 레이스처럼 두른 물질적 장난감들과 신호등으로 가득한 세상이었어."라 한다. 도시에서는 기기들의 소음으로 사람들이 난청을 겪는다. 본질적으로 언어의 숨구멍이어야 하는 시에서조차도 말이다.

딸　　아빠, 시인은 어떤 사람이야?
아빠　자연에 귀 기울이는 사람이야.
딸　　그러면 김소월이나 윤동주도 자연에 귀 기울이는 사람이야?
아빠　그럼.

딸 아닌 것 같은데. 그 시인들은 자신의 생각을 표현하고 있잖아. 엄마야, 누나야, 강변 살자. 뜰에는 반짝이는 금모래 빛.

아빠 자연에 귀 기울이고서 그걸 번역해서 자신의 말로 나타낸 거야. 계절이 지나가는 하늘에는, 가을로 가득 차 있습니다. 나는 아무 걱정도 없이 가을 속의 별들을 다 헤일 듯합니다. 시인이 자연에 귀 기울이다가 자신의 목소리로 말을 하고 있는 거잖아.

딸 그럼, 시인은 자연의 말과 자신의 말을 어느 정도 섞는 거야?

아빠 시에 따라 다르지. 자연의 말을 듣고 온통 자신의 말로만 하는 시인이 있는가 하면, 그 반대로 남의 말을 그대로 옮겨놓는 시인도 있어.

딸 일테면?

아빠 우리가 알고 있는 대부분의 시인은 자연에 귀 기울여 그 감각을 자신의 목소리로 표현하지. 하지만 자연의 숨을 그대로 들려주려는 시인도 있어. 김소월이나 윤동주는 자연에 귀 기울여 그 소리나 모습을 자신의 목소리로 표현해. 그런데 자연의 숨을 있는 그대로 표현하려는 시인은 자신의 목소리를 내지 않아. 그 시인들은 자연과 하나가 되어 자연의 눈과 귀로 표현하지.

딸 자연이 숨 쉬는 걸 쓴다고?

아빠　그런 시인은 자신의 시가 자연을 옮긴다고 생각해. 사람은 다른 생물과 마찬가지로 자연의 한 가족이잖아. 그 자연의 소리에서 우주의 진실을 찾으려 하는 거지. 살아가면서 언뜻 언뜻 느끼는 감각을 쓰는 게 아니라 자연의 있는 모습 그대로를 베끼려고 해.

딸　우주의 진실은 뭔데?

아빠　그건 호흡이야. 자연 시인은 시에서 그 호흡을 찾으려고 해. 시를 깨달음의 한 방식으로 쓰는 거지. 시를 명상의 한 형태로 보는 거야. 자연의 리듬을 자신의 리듬으로 받아들이는 거지.

딸　그런 시는 엄청 어렵겠다.

아빠　반대야. 아주 쉬워. 새소리를 들으면 아무 생각 없이 듣는 그대로 좋잖아. 그와 똑같아. 고은 시인의 「그 꽃」을 들어볼래?

내려갈 때 보았네
올라갈 때 보지 못한
그 꽃

딸　와~ 왠지 따뜻하고 신비하게 느껴져. 어렵지도 않고.

아빠　참된 시인은 듣는 귀가 있어야 해. 자연이 나를 보고 있을 때 마주 볼 줄 알아야 하고. 그리고 시 속에서 자연이 숨 쉬는 걸 느껴야 해.

딸　　자연이 숨 쉬는 말이야?

아빠　그럼. 시는 자연의 말이야. 바람이 자연의 호흡이고 노래이듯이. 자연의 말을 인간의 언어로 베낀 게 시야. 시는 자연의 숨이지.

딸　　시는 숨 쉬는 말이네.

시는 말의 호흡이다. 말의 마디를 어디에 두어야 할 것인가. 화자의 의도를 일방적으로 말할 때와 들을 때 말의 호흡은 다르다. 말을 할 때에는 화자의 감성적 마디나 의식의 마디에 따라 말의 호흡이 결정되지만, 들을 때에는 청자의 입장에서, 다시 말하면 타자의 말의 호흡에 귀를 기울여야 한다. 그런데 들을 때에도 청자가 어디에 귀를 두느냐에 따라 말의 호흡은 달라진다. 자신의 기분이나 의도를 중히 여기는 사람은 자신의 호흡을 따라 듣겠지만, 자신의 의도나 감정보다는 타자에 귀를 기울이는 사람은 타자의 말투나 호흡에 자신의 리듬을 맞춘다.

우주는 거대한 호흡기관이다. 우리는 이 거대 호흡기관에 따라 우리의 호흡을 조절한다. 따라서 우리는 자신의 호흡의 리듬으로만 살 수 없다. 자신의 호흡으로만 살아간다면 우리는 거대 기관의 호흡과 부조화를 일으켜 몸이 상하거나 정신 혼란을 일으킨다. 서양투의 현대시가 머리가 지끈거리도록 난해하다면 자연에 귀 기울이는 순수시는 쉽고 편안하다. 자연의 숨이기 때문이다. 오쇼가 『쉼』에서 한 다음 말을 들어보자.

> 나무와 함께 있어보라. 고요히 기쁘게 즐기면서 나무와 함께 앉아 있으면 돌연 내가 숨 쉬는 리듬으로 나무가 숨 쉬는 것을 느낄 수 있다. 전체계와 하나가 되어 호흡하는 순간, 자신이 전체계의 호흡이 되는 순간, 더 이상 발버둥치거나 싸우지 않고 자신을 송두리째 내맡기는 순간이 찾아온다.

시가 언어라는 인식은 서구적 사고다. 시란 순수한 나의 마음이다. 그런데 그 범위가 넓다. 어떤 시인은 자신의 감성을 위주로 표현하지만 그 다른 극단에 있는 시인은 '나'라고 하는, 혹은 '마음'이라고 하는 의식을 모두 없애고 자연이 말하는 대로 베끼는 시인이 있다. 숨 쉬는 언어로 된 시는 자신의 목소리를 들려주기보다는 자연에서 들리는 호흡을 리듬으로 표현한다. 시에서 느껴지는 호흡은 자연의 호흡이며, 우주의 호흡이다. 그 호흡을 통해서 우리는 우주와 한 몸임을 깨닫는다. 여기서 주체는 순수한 나, 참된 나다. 그러므로 숨의 리듬을 어떻게 표현하는가에 따라 시는 달라진다.

오늘날 시들은 낯선 말들의 전시장이다. 이러한 시는 새로움과 변덕과 불안과 잡다함으로 이루어져 있다. 그런 시들은 이국종 애완견의 가게에 온 듯이 판타지적이지만 머리를 한참 굴려도 그 의미의 입구에라도 닿기 힘들다. 마음이 아닌 지식으로 쓴 시들은 가쁜 숨에서 나온다. 소음으로 뒤덮인 오늘날의 짧은 호흡에서 시들은 소음의 또 다른 형식이다. 그러한 시는 은유를 넘어 환유가 많다. 은유가 욕망의 표현이라면, 환유는 도시적인 문명을 동시에 잡아내는 다중 인격의 산물이다. 시 속에는 자아가 너무 많을 뿐만 아니라, 기교 또한 많아 정신을 어지럽힌다. 그만큼 이미지들은 인공적이며 난해하고, 리듬은 숨 가쁘다. 하지만 자연의 호흡에 따라 쓰는 시는 쉽고 듣는 순간 그대로 다가온다. 말의 호흡이 곧 자연의 숨이다. 시적 자아의 내면의 세계가 텅 비어 있다. 들숨과 날숨 사이 의도가 텅 빈다. 이는 하느님의 말을 침묵으로만 들을 수 있는 것과 같다. 이러한 시는 인간의 언어가 끊긴 곳, 곧 침묵에서 나온다.

어지러운 말로 된 시는 복잡한 마음을 나타내는 증상의 표현이다. 하지만 침묵을 드러내는 시는 치유의 시다. 일반적인 시는 그 시인이 처해 있는 현재의 증상을 표현한다. 그러므로 그 시는 때로는 난해하게, 때로는 자의식이 강하게 나타난다. 그러한 시에서는 '나'를 드러내려고 애를 쓰며, 현란한 기교가 넘친다. 하지만 침묵의 시는 시대와 '나'라고 하는 욕망에서 벗어난 치유의 시며, 쉼의 시다. 침묵은 정(靜)이다. 정은 모든 '나'를 떨치고 본래의 자기로 돌아가는 길에서 얻어진 고요함이다. 그러므로 궁극적인 시는 자연의 숨이며, 마음의 쉼이다.

13
쉼은 숨에서 온다

「마태복음」 11장 28절에서 30절까지에서 예수는 제자들에게 이렇게 말한다. "수고하고 무거운 짐 진 자들아, 다 내게로 오라. 내가 너희를 쉬게 하리라. 나는 마음이 온유하고 겸손하니 나의 멍에를 메고 내게 배우라. 그리하면 너희 마음이 쉼을 얻으리니. 이는 내 멍에는 쉽고 내 짐은 가벼움이라, 하시니라."

예수가 말한 쉼은 가벼움이다. 그리고 그 쉼은 마음에서 비롯한다. 예수는 말한다. 네 짐은 무거우니 내 짐을 져라. 내 짐은 가볍다.

쉼이란 무엇일까?

무엇보다도 예수가 말한 쉼은 무거운 짐을 내려놓는 일이다. 누구나 쉼에 목말라 있다. 모두들 쉬고 싶어 한다. 쉬고 싶어, 쉬고 싶어, 쉬고 싶어, 아우성이다. 우리들은 쉬는 걸 자기만의 시간, 자기만의 공간을 갖는 걸로 생각한다. 뿐만 아니라 쉼은 자신의 생활의 경계에서 벗어나는 걸 의미한다. 그러나 막상 쉬는 시간이 오면 온갖 잡상들이 자신을 괴롭혀 쉴 수가 없다. 무거운 짐이 하나둘씩 자신의 내면에서부터 올라오기 때문이다. 왜일까? 그것은 의식이 무겁기 때문이다. 의식이 무거우면 몸이 아무리 휴식을 취해도 가볍지 않다. 우리의 머릿속에 무거운 짐을 지고 있으면 마음은 쉬지 못한다.

의류 회사에 다니는 김 과장은 연차를 받아 베트남으로 떠났다. 그는 트렁크를 끌고 공항에서 비행기를 탈 때 모든 것에서 해방된 듯했다. 일, 집, 돈, 사람 등등 모든 걱정거리에서 떠나 왔다고 느꼈다. 이제 나만의 시간을 갖게 됐구나. 늘 꿈꿔왔던 일이라 얼굴 가득 편안한 기운이 감돌았다. 비행기 안에서도 푹 잔 듯해 호치민 공항에 내릴 때에는 몸이 가뿐했다. 그리고 예약했던 호텔의 객실에 짐을 풀고 소파에 앉아 멍하니 창밖 바다를 내다봤다. 꿈만 같았다. 나에게도 이런 일이 일어나는구나. 아무튼 그에게 쉼은 편안하고 행복감을 가져다주었다. 그렇게 아무 생각 없이 누워 있다가 바닷가로 나갔다. 여기저기 기웃거리며 말 그대로 이국적인 낯선 오후와 밤을 즐겼다. 술 몇 잔 하고 밤늦게 객실로 돌아왔다. 창밖으로 바다는 보이지 않았다. 그리고 결국 김 과장은 홀로 큰 방에 덩그러니 남아버린 자신을 발견하고 만다. 그때부터 의심이 일기 시작한다. 의심암귀가 덩치를 키우며 엄습해 왔다. 이것저것, 밑 안 닦은 사람처럼 모든 것이 의심스러웠다. 결국 김 과장은 일주일 일정의 여행 계획을 취소하고 4일 만에 돌아오는 비행기를 타고 말았다.

인간이란 몸과 내면의 (무)의식으로 이루어져 있다. 몸은 우리를 겉으로 드러내는 표상이다. 그 몸 안에, 혹은 몸 너머에 빙산처럼 있는 존재가 (무)의식, 즉 내면이다. 몸이 나무의 이파리나 줄기라면 내면은 뿌리다. 몸은 감각으로 자신을 표현한다. 감각은 대상에 휘둘리기 쉽다. 바람이라든가. 물, 불, 색깔 등에 끌려 우리의 존재를 축소한다. 그리고 감각은 일정하지도 않다. 똑같은 대상에 대해서도 그 느낌은 달라진다. 같은 날씨인데 어떨 때는 춥고 다른 때는 시원하다. 뿐만 아니라 사람마다 느끼는 감각은 모두 다르다. 감각에 휘둘리면 나라고 하는 존재는 독립적인 실체가 되기 어려워 나는 나로 존재하지 못한다. 참된 나는 감각으로 표현되지 않는다. 감각은 몸의 작용으로 정신적인 내가 아니라 그때그때의 기분과 감정에 휘둘리기 쉽다. 그래서 감각은 대부분 허상이다. 이는 내면 쪽에서도 온다. 환각에 빠지면 몸은 병들기 쉽다. 마음이 약해지면 어떤 자극이 없는데도 환영이 쉽게 나타난다. 마음에 한 짐을 짊어지고 있으면 몸은 기울어진다. 마음과 몸은 서로 뗄 수 없는 하나다. 몸을 따라 마음은 무거워진다. 반대로 마음을 따라 몸이 반응한다.

몸이란 우리의 영혼, 혹은 마음의 거처다. 물론 몸을 깨끗이 하면 마음도 편안해진다. 하지만 몸만 깨끗이 한다고 해서 마음이 깨끗해지지는 않는다. 그 상쾌한 기분은 일시적일 뿐이다. 타자로부터 강요를 받지 않고 내가 나로서 설 수 있는 나의 존재감이 높아지면 마음은 정화된다. 그와 동시에 몸도 건강해진다. 몸이 건강해지기 위해서는 몸이 원활하게 마음과 소통해야 한다. 나라고 하는 존재의 순수함을 지킬 수 있다면 몸과 마음은 활력을 찾는다. 오쇼는『쉼』에서 자아를 탐구하면 의지와 욕심으로 이루어진 에고는 사라지고 순수한 나, 공(空)으로서의 나, 순수한 에너지로서의 참된 내가 남는다고 한다.

그 참된 자아를 찾기 위해서 먼저 몸을 닦는다. 오쇼에 의하면 마음은 종잡을 수 없이 움직이기 때문에 몸을 먼저 바로잡아야 한다고 한다. 하지만 몸을 바로잡기 위해서는 숨을 바로잡아야 한다. 단전으로 쉬는 숨, 들숨과 날숨을 깊게 하는 숨을 통해서 몸의 자세를 자유롭게 만든다. 숨은 에너지다. 우리 몸의 에너지는 기본적으로 숨 쉬는 데에서 온다. 또한 숨은 에너지이면서 리듬이다. 리듬은 아름다움을 만든다. 호흡으로 우리의 몸을 연주한다면 몸은 건강한 아름다움을 만들어낸다. 오쇼의 말을 들어보자.

> 숨은 몸과 마음을 이어주는 다리다. 이들의 관계를 잘 이해할

필요가 있다. 올바른 좌법을 통해 마음이 무한성으로 녹아들려면 몸과 마음을 이어주는 다리가 바른 리듬을 타야 한다.

그에 의하면 숨은 우주나 자연과 우리의 몸이 하나가 되도록 조화를 이루게 한다. 그래서 우주 전체와 나라고 하는 개체가 호흡을 통해 아름답고도 매끄럽게 맞물려 돌아간다.

호흡을 통해서 순수한 나와 우주가 하나가 되는 리듬은 몸과 마음을 조화롭게 만든다. 이때 마음은 중심을 잡는다. 우주와 조화로운 리듬을 탔을 때 부처가 '중도(中道)'를 가라고 했듯, 공자가 '중용(中庸)'을 높은 도라고 했듯, 노자가 '중(中)'을 도라고 했듯 마음은 세계의 중심에 머무르게 된다.

마음에는 무한한 삶이 있다. 그 무한한 삶은 끊임없는 몸의 수련과 마음의 무위에서 온다. 무위란 노자가 말한 '무위자연(無爲自然)'이다. 의도적으로 함이 없이 저절로 그렇게 되도록 하는 게 무위자연이다. 그 무위자연 속에서 몸과 마음이 평정을 유지하면 우리는 빛이 된다. 빛은 리듬이 만들어낸 에너지다. 내면의 에너지다.

빛으로 충만한 내면의 방은 우주의 중심이다. 우주의 중심인 방에서 바른 자세로 호흡을 깊게 하고 어디에도 치우치지 않으면 마음은 평화로워지고 비로소 쉼이 온다. 마음이 쉬어야 몸도 쉬고, 그 반대로 몸이 쉬어야 마음도 쉰다. 그러므로 쉼은 숨에서 오고,

숨은 쉼의 근원이다. 예수가 말했다. 나는 빛이요 생명이라고. 그 빛과 생명은 인간 내면의 무궁무진한 에너지이며, 그것은 우리가 쉴 수 있는 참된 나의 발견에서 찾을 수 있다.

숨은 쉼이며 그걸 표현하면 노래가 된다. 노래에 가사를 붙이면 시다. 그 셋이 서로 톱니바퀴처럼 맞물려 돌아갈 때 순수 존재가 본래의 모습을 찾는다. 그런데 안타깝게도 우리 인간은 모든 것을 잃고 나서야 그 소중함을 깨닫는다.

엊저녁 달이 쉬어 갔던
채마밭
화장 고친 해가 종일 머물러 갔는데
자취를 찾을 수 없네.

14

숨은 어디에도 자취를 남기지 않는다

찾아보기

ㄱ

간화선(看話禪) 126
감각의 미결정성 53
감상자 86, 87, 88, 103
감성 64, 70, 73, 177, 214
개체화 114
거울 언어 49, 53
겉숨 31
〈겨울나무〉 160
〈겨울왕국 2〉 172
경허 109
고도 자본주의 사회 21, 210
고독 63, 181, 184, 188, 189
골목 133, 134, 136, 137, 138, 139
공(空) 73, 86, 88, 103, 208, 220
공자 148, 185, 186, 221
광장 148, 149, 150
그레이, 존 19
『금강경』 127, 148
금기 113, 170
기다림 59, 60, 62, 78
기호 20, 21, 50
김구용 205, 207
김홍도 87

ㄴ

나목(裸木) 160, 161
나무 159, 160, 161, 162
나보코프 50
나쓰메 소세키 142, 165
난초화 86, 87
난해시 52, 53
날숨 13, 33, 34
내면의 비움 102
노자 41, 165, 166, 197, 205, 206, 207, 221
『눈』 157
느림 200
니체 62, 190

ㄷ

다중 언어 149
다중 인격 215
단사표음 181
단식 185
단전 95, 108, 220
단전호흡 35, 94
달마 대사 144
대중 언어 149
데리다 78
『도덕경』138, 165, 166. 197
도블라토프, 세르게이 191
도시인 33
도연명 190
道(자연) 206, 207
독서법 40
독창성 38
동양화 87
두보 37
들숨 13, 14, 33, 34, 36, 94, 106, 108, 139, 164, 187, 200, 215, 220
들숨과 날숨 93, 132
딕, 필립 174

ㄹ

라캉 70
로르카 188
리듬 16, 23, 34, 36

ㅁ

마르쿠제 27
마음의 과녁 23
마하비라 185
만행 184, 188, 201
매개자 86
머무름 59, 60, 163, 164, 167
멍 때리기 31, 32
명상 189, 197
〈모던 타임스〉 77, 85
무위(無爲) 86, 207, 221
무위자연 221
무의식 20
〈묵란도〉 87
미디어 26
미디어 인간 26

ㅂ

바르트, 롤랑 49, 50
바보 62, 143

바빌론 149
바쇼 46
바우만, 지그문트 28
바흐친 149
박상륭 125, 126
박현희 86
반시 45, 46
「반야심경」 73
『방문객』 156
방정환 96
〈백두산〉 210
백석 134, 136
번뇌 73, 144
번민 150
베이커 62
벤야민 61
『벽암록』 32, 125, 127
보르헤스 50
부랑쿠시 180
부아 107, 108
부처 221
불규칙성 150
불안 28
『불안』 158
『불안의 서』 42
불협화음 150, 153, 154, 155, 156
브라우티건, 리처드 80
브로더, 멀리사 114
브론테, 샬롯 206
비백 103
비백체 99, 101
비움 103
비-장소 56
빔 87, 125, 147, 208

ㅅ

사라다난다, 스와미 93
사색 189, 197
사이(entre) 78
산수화 86
산책 59, 60, 61, 62, 63
산책자 60, 61, 63, 64
생명 200
생명의 리듬 17, 130
서머싯 몸 141
서양화 103
석가 186
석간수 180
「선다(禪茶)」 179
선미(禪味) 100, 103
선불교 42, 50
선시 51, 53, 123
선지식 123, 125

설사하는 말 22
소로 63, 121, 130, 141, 155, 182, 188, 189, 191
소리통 153, 154, 156
소식(小食) 184
소음 19, 34
소인 13
소통 19
속도 26
쇼펜하우어 40, 190
수인 141, 143
순수직관 205
숨 16
숨비소리 106
숨소리 58, 96
숨의 공간 200
숨의 깊이 36
쉼 29, 78, 81, 88, 140, 215, 217
슈뢰딩거 26
스나이더, 게리 131, 174, 177, 178
스마트폰 26, 27, 29
스몰러, 조르단 113
스즈키 순류 173
습(習) 184
시 23, 36, 43, 51, 64, 73, 103, 136, 175, 211
시간은 돈이다 85
시간의 향기 162, 164
『신심명』 64
심안(心眼) 86
〈심우도〉 88
심호흡 34, 95
〈십우도(十牛圖)〉 43

ㅇ

아름다운 언어 177
아무도 아닌 자 46, 63
아트만(atman) 105
안빈낙도 181
액체적 특징으로서의 언어 20
「어린이 예찬」 96
언어 20
언어 디자인 177
언어 문자 125, 126
언어의 감옥 20
언어의 노예 21
언어의 숨구멍 210
에고 71, 73, 94, 144, 164, 220
에너지 93, 94, 95, 184, 220, 221
에코, 움베르토 37, 206
「여우난곬족」 134
0도의 언어 49
예수 148, 160, 185, 186, 217

예외자 143
옛길 166
옛사람 166
옛 선비 181
옛집 166, 167
「오감도 제1호」 136
오쇼 60, 115, 128, 144, 184, 186, 214, 220
오스터, 폴 78
오탁번 100, 102
옥타브 153
「외로운 남자」 154
욕망 93, 94, 112, 113, 114, 115, 116, 120, 121, 138, 148, 165, 174, 176, 177, 178, 182, 183, 187, 189
우주 95, 97, 130, 139, 153, 154, 155, 157, 195, 200, 208, 212, 213, 214, 221
울만, 린 158
위대한 저녁 36
윌버, 켄 210
윤회사상 105
은총 67
응념(凝念) 115
응시 42, 43
응시(凝視, gaze) 70
의미의 부재 53
의심암귀 219
이데아의 모방 206
이미지 26
이미지 사회 27
이상 136
이오네스코, 외젠 154
이형근 179
인공지능 177
인연 183
인터넷 26, 29
『잃어버린 시간을 찾아서』 95
임종 15
입전수수 43
잇샤 177

ㅈ

자동인형 19
자연시 52, 206
자연의 소리 130, 155, 157, 212
자연의 악기 153, 155, 157
자연의 언어 23
자연인 167
자연정취 102
자유인 43, 144
「작고 검은 상자」 174

잔기침 31, 91, 92
장자 37
『장자』 148, 171, 208
재생의 공간 200
전쟁 197, 198, 199
정신병적인 시 53
정진규 100, 102
제거스, 안나 149
제주 방언 106
조주 73, 208
좌선암 163
죄르지, 콘라드 156
〈주상관매도〉 87
죽음 160, 161, 186, 187, 200
「죽음의 푸가」 199
『죽음의 한 연구』 125
중도(中道) 221
중용(中庸) 221
중추 에너지 93
「지구, 우주의 한 마을」 131
지식의 노예 42
지식인 38
진술의 맛 102

ㅊ

채옹 99
채움의 미학 88
채플린, 찰리 85
철학자 160, 161
추사 99
「칠조어론」 126
침묵 34
침묵의 소리 58

ㅋ

카프카 142
커피 112, 169, 170, 171, 172
쿤데라, 밀란 121, 153
크리슈나무르티, 지두 41, 190
키퍼, 안젤름 199

ㅌ

타르, 벨라 62
타르코프스키, 안드레이 61
타자 20, 46, 57, 70, 71, 73, 74, 78, 79, 115, 213, 220
타자의 존재 60
〈토이스토리〉 69
톨스토이 194
『통과 비자』 149

ㅍ

파울 첼란 199
페르민, 막상스 157
페소아 42
폐허 121, 198, 199, 200, 201
포크너, 윌리엄 166
폴 오스터 78
푸시킨 113
프란체스코 162
프랭클린, 벤자민 85
프로이트 113, 150
프루스트, 마르셀 95
플라톤 206
피카르트 209

ㅎ

하이데거 59, 60, 164
하이쿠 51
한눈팔기 141, 143, 144
한병철 50, 51, 57, 59, 78, 164, 175
허(虛) 147, 148
허균 35
허영호 106
허파 107, 108
현기증 120
혜능 42, 124
호흡 34
호흡기 31
혼돈 208
혼잣말 27
화두 27, 109, 115, 123, 125, 126, 127
환청 154
회복력 198
횡격막 95, 166
희언의 자연 201

숨의 언어

전기철